法庭遊蹤
Court Diary

點子出版
IDEA PUBLICATION

*法庭旁聽注意事項

① 法院大樓內嚴禁拍照。

② 法庭範圍內嚴禁錄音。

③ 審訊進行期間請保持肅靜。

④ 審訊進行期間出入法庭時應向法官鞠躬。

⑤ 法庭內，必須關閉手提電話，並放於袋內不准取出，如果沒有攜帶袋子，法庭會提供特定紙袋給公眾人士放入手機。

⑥ 必須關閉所有具攝影功能的器材。

⑦ 不准坐於法庭內的記者席。

⑧ 法庭聽審時間於「正常情況」為星期一至五 ，上午十時
至下午四時半，午飯時間為下午一時至下午二時半（公眾
假期除外）。

⑨ 繁忙時間須預留約五分鐘到高等法院地下層進行安檢程
序。

⑩ 法庭內可以攜帶沒有液體之水瓶，高院各層有蒸餾水
機，提供冷熱水。

⑪ 法庭內不得飲用罐裝飲料。

⑫ 法庭內不能配戴帽子。

愛在法庭的日子

法庭——與逸本櫻不能分割的地方。逸本櫻從小便愛上這個莊嚴、神聖、神秘的地方。

2015 年初,高等法院審理一宗轟動全城的案件——「大角咀弒父母案」,那是我第一次戰戰兢兢地走進高院聽審、學習法律知識,誰知一試愛上,那種震撼是筆墨難以形容的,自此便沉迷聽審、遊走法庭。

聽審時,我喜歡寫下筆記,最初是想讓自己聽審時集中一點,又可記下案件細節及法律知識,將看到的、聽到的都一一寫下,因為記憶會隨時間而淡忘,只有把過程記錄下,記憶才會持久。

朋友們都知道我是個聽審迷、法庭痴,就問我:「不如你用記錄咗嘅資料,寫文章畀我哋睇啦,因為唔係人人都有時間去聽審!」於是,我的法庭文章寫作生涯便開始了,與志同道合的讀者分享法庭文章。

抱著虛心學習的心態,在法庭內的確學到不少法律知識,剛開始的時候,「法庭遊蹤」網誌及 Facebook 專頁只有二百多名讀者,我很感謝他們,是他們令我沒有放棄寫作。

直至 2018 年的「荃灣石棺藏屍案」，令我進入了聽審及寫文章的巔峰狀態，每天早上十時至下午四時半的聽審過程，瘋狂抄寫筆記，回家後整理筆記，然後寫成數千字的文章，都成了習慣。當時「法庭遊蹤」臉書專頁的讀者數字節節上升，得到很多讀者支持，至今讀者數字已逾兩萬人，這是對我的兩萬個肯定，令我有能量再堅持下去。

　　然而，「法庭遊蹤」開始得到多家傳媒採訪，記者們都會問我，設立「法庭遊蹤」的最大抱負是甚麼？

　　「其實唔可以講係乜嘢抱負，但我可以感染讀者嘗試去法庭聽審，呢樣係最開心，當你認識咗法庭審訊嘅運作，你就會知道法庭其實唔係一個神秘嘅地方，而係一個公平、公正、公開嘅地方……當然，我好想教曉讀者聽審嘅禮儀，每當有人去破壞法庭規矩時（例如：在法院大樓內拍照），我就會好心痛，好想守護法庭，所以好想教曉讀者守規矩，要懂得尊重法庭、尊重法官……」

　　我希望與大家一起守護法庭，因為我愛法庭。

逸本櫻

目錄
Contents

next

「本港 11 宗話題案件即將開審。

請將您的手提電話或其他響鬧裝置關掉，

並於閱讀時保持肅靜，以提升聽審質素。」

File A ☑   File B ☐

case no HC□□□□□ 2013

大角咀弒父母案

- 殺人計劃籌備已久
- Facebook 尋親惹關注
- 駭人證物曝光
- 同謀證供大相徑庭？
- 親友作供感震驚
- 細說被告精神狀況
- 盤問「無知」同謀
- 二十天審訊終結

「究竟佢哋去咗邊？非常之擔心……」這句話是由本案兇手 L 接受傳媒尋親訪問時所說的，其後他更與胞兄開設 Facebook 專頁「失蹤的爸爸媽媽」，用以尋親，這份孝心頓時引起了社會大眾關注。

這個表面上看似是一個孝子尋親的感人故事，但實際上卻是一個自編、自導、自演的弒親慘劇。本篇文章將談談被告的背景及殺人計劃。

案件審訊時，共有兩名被告，分別是首被告 L 及第二被告 K。

殺掉分別六十五歲及六十二歲親父母的主角，是首被告 L，案發時二十九歲，無業，有一名哥哥，自小家庭環境不俗，與父母同住在西營盤一單位。父母於西營盤及天水圍各有一處物業，另於深圳有兩處物業。

自小以來，父母對 L 滿有期望，望子成材，使 L 很大壓力。L 自六歲起被母親強迫學習彈鋼琴、學英文、看英文報紙。長大後 L 個子矮小，身高只有 1.64 米。他將一切歸咎於母親強迫他參與大量靜態活動，導致自己在缺少運動的情況下無法長高，繼而不能吸引異性。

L 與父親關係也較差，自幼父母時常有爭執，父親會打哥哥，哥哥又會趁無人在家時打 L。L 亦抱怨父親在家看足球賽事及拉二

胡時聲浪過大，令他飽受噪音滋擾，又不滿父親經常「認叻」，亦經常怪責自己。

　　L 早於初中時，已受情緒病困擾，思想負面、抑鬱、只會記得別人對他不好的地方，他曾於學校被黑社會恐嚇，又因打架被學校記過。2000 年，L 中五會考後，父母供養他到澳洲繼續升學，可是他在當地生活不愉快，成績跟不上，又遭到同學種族歧視，更被黑人同學毆打……後來 L 不想上學，便退學了。

　　2003 年，L 回港生活，他孤立自己，使自己難以融入社會，曾於中國內地結識女友，但關係短暫。又試過盜用哥哥的 QQ 認識女性，並與她們發生性行為。

　　後來 L 於星島日報任職地產版記者，工作了三至四個月便辭職。此後，L 於銀行任職文員，其後置業，但一場金融海嘯令他被銀行裁掉，房子按揭斷供，買賣股票亦令他虧損港幣幾十萬元，也沒法子償還私人貸款。就此，他以償還債項為由，強逼父母出售其中一個物業。

　　2007 年，L 曾於網誌寫下「我越走越發現世界不需要我，我常告訴父母，我的出生是錯誤……」、「想學納粹獨裁者希特拉般自殺，不過，臨死前，一定拉多幾個我生前最憎恨的人落去（陰間）陪我！」同年，L 的母親亦因抑鬱症前往求醫。

2009 年，L 曾拍攝個人短片應徵三級片《3D 肉蒲團》主角，在短片中，他自認好色、性經驗豐富。

本案另一名主角，是 L 的朋友，第二被告 K。L 與 K 於工作時相識，K 應徵中國書畫拍賣公司時，獲 L 聘請，L 指導 K 工作，下班後經常一同用膳。其後 L 離職，二人仍然保持聯絡。

K 自小父母離異，母親獨自撫養 K 及 K 的姊姊長大成人。K 指自己英文水平低，「只識得字母 A 至 Z，一句英文都唔識，識十個字，識聽、識解、唔識串！」

K 的情路曲折崎嶇。年輕時，發現初戀女友有吸毒惡習，於是分開了。後來與另一位女子成為情侶，但又被她拋棄。母親建議 K 到新西蘭工作一年散心。在新西蘭認識到新女友，被她騙了港幣十萬元，其後又發現女友背叛他而另結新歡。K 十分傷心，決定服食老鼠藥、過量咳藥水、吞下水銀、燒炭四料自殺，但最終獲救。可惜智力及記憶力嚴重受損，智商下降至只有 84，低於正常水平，但仍可照顧自己。

之後，K 回港生活，認識了印尼籍女友，二人其後結婚。但 K 結婚後才知妻子在印尼已婚，並育有一子，而且妻子還有一名男友，惟 K 不但沒有生氣，還稱：「想要佢做老婆。」儘管 K 能容忍妻子不忠、欺騙，但仍要向現實低頭，因為沒有錢為太太辦理居港所需簽證，於是妻子要返回印尼，K 又再一次承受感情傷

痛。此外，K亦欠下銀行及朋友債項，共港幣七萬元。

　　K本身於居住大角咀X興大廈三樓一單位（即案發單位），他與姊姊同住分擔租金。後來，姊姊搬離單位，K需獨自生活，並要獨力承擔租金。這段期間，K任職保安員，為了應付生活開支，每日只可以吃十四元的叉燒飯或十元沒有牛肉的乾炒牛河。因此，K不斷「貼街招」，欲分租寓所，以減輕經濟負擔，最後由K朋友及其女友分租房間。

　　自從K結婚後，就沒有與L來往，直至2012年，L以MSN聯絡K，二人再度熟絡。後期，K與L的關係非常好，當K缺錢時，L會買衣服給他、請他吃自助餐，還會把數百元現金給K用，K形容與L的關係「好似多咗個阿哥。」而L形容與K的關係是「交情好深」。

　　談過二人背景後，開始正式討論案件，談談逆子的殺人計劃。

　　L提及，覺得自己人生失敗，原本計劃三十歲前自殺的，K勸阻他，K還說：「橫掂都係死，殺人都係死……不如殺人，帶多幾個人落去……」二人思想感到負面，原因是他們曾多次被女性拒絕，又認為自己是好人，為何最後會生活得不如意，所以二人決定以自己方式去報復這個世界。

　　L承認，殺人計劃是在案發前大約半年開始籌備的，與K一

起購買多項殺人用具，整個計劃花費三至四萬元。逢星期六，二人會用大約二十分鐘於 MSN 或電話傾談殺人計劃。二人曾想過於深圳下手，但覺得「行唔通」，最後決定在香港實行計劃。

2012 年 10 月，K 的電腦曾下載有關失蹤人口的文件。另外，有證據顯示二人於 MSN 談論計劃內容，L 提及「Schedule 非常緊張」、吩咐 K 隔日購買用品，例如工業用安全眼罩、口罩、手套等，又購買多張電話卡，以避免二人間頻繁的通話記錄被追查。

二人的 MSN 對話中，亦談及 K 家（案發單位）的客廳沒有抽氣扇、討論漂白水與丙酮（洗甲水）的化學反應，「最好有抽氣扇，因為就算有毒氣都唔會飛到成屋都係，我怕係，未做就毒 X 死咗⋯⋯」

2012 年 11 月，K 寫下筆記，記下有關計劃內容及購物清單。他寫了：「窗簾 $200、三部雪櫃、豬肉刀三把、生果刀、兩個鎚、白飯 100、飯盒訂購」、「2 微波爐、鑊」、「3 個電飯煲」、「Plan B、針桶、飯盒」、「肉、骨、九日完、3 日 1 個、雀巢、抽血、12 小時、剃毛、切內臟、送屍去雀巢」。

之後，K 向與他分租單位的朋友稱「包租婆要收回單位」，藉故請朋友搬出，實質是將房間轉租給 L，月租港幣二千三百元，以作「炮房」之用，因為 L 不能帶女友回西營盤寓所。

　　2013 年 1 月，二人到深水埗刀廠購買骨刀及豬肉刀，在大角咀二手電器店購買冰箱，在家品店購買漂白水、手套、廚師刀，在超級市場購買骨刀、餐桌鹽（用作醃漬殘肢），又在其他店舖買了五百多個發泡膠飯盒（二人曾研究將屍體製成人肉叉燒飯再棄掉）等。

　　2013 年 2 月期間，K 電腦的文件開啟記錄顯示，K 閱讀過有關失蹤人口的文件，又到奧海城購買刀。到了 2 月 25 日上午十時，K 發短訊向上司辭職。同日，二人到深水埗購買大型黑色背包（用作運送殘肢）後，在該區吃喝玩樂、買衣服、吃自助餐，然後又到尖沙咀超級市場購買牛扒刀……

　　一切準備就緒，L 向父母稱即將搬進大角咀單位，誘騙父母 3 月 1 日到該單位打掃地方，並實行叛逆的殺人計劃。

「係呀，我同 K 殺咗佢兩個！」這是 L 被警方警誡後所說的話，以下將會詳細講述這個最血腥、最狠心的弒親過程……

2013 年 3 月 1 日，星期六，上午十一時十九分，L 帶父母離開西營盤寓所，向大角咀單位出發。二十分鐘後，X 興大廈附近油站的閉路電視記錄顯示，L 與父母曾路經此地，進入案發大廈。再過二十分鐘，同一位置閉路電視記錄顯示，L 獨自離開大廈，究竟短短二十分鐘內，發生了何事？

L 曾說：「我哋有兩個人（L 與 K），受害人又有兩個（父母），所以分工，睇下邊個近邊個再偷襲。」當父母到達單位時，L 與 K 用鋸扒刀、鋒利生果刀，從後偷襲父母，以割喉方式殺害二人。下手時，L 負責殺害父親，K 負責殺害 L 的母親。期間父親反抗，於是 K 制服（殺害）L 的母親後，再協助 L 殺害父親。

L 同 K 曾經研究將屍體製成人肉叉燒飯後棄掉，但無法進行，所以二人決定先將屍體肢解、冷藏，然後分批棄掉。

二十分鐘快速殺人後，當時是正午十二時，由於 L 受傷了，所以他離開單位，獨自到瑪麗醫院求醫。急症室付款處的閉路電視顯示，L 的到達時間為中午十二時三十五分。L 告訴醫生，他是跌傷了，「成個人摔下去」，雙手均有割傷，縫了四針；大腿也有割傷，縫了七針。

離開急症室後，大約下午四時半，L 到了香港仔一間服裝店購買褲子更換。過了二十分鐘，L 又到達一間家庭醫生診所求醫，治理右手割傷傷口。到了大約晚上七時半，L 乘的士返回西營盤寓所。

接著，L 與 K 必需處理的是……屍體！L 稱，2013 年 3 月 1 日返回西營盤寓所後，一直留在單位內，每天與 K 通電話，了解肢解進度，K 對 L 說：「啲嘢（肢解）好難做，壓力好大！」原先計劃是由 K 負責用鋸刀、骨刀來肢解屍體，但 K 後來感到驚慌，所以要求 L 參與肢解。於是，L 於 3 月 5 日返回大角咀單位處理屍體。

L 稱，重回大角咀單位後，K 已將兩個人頭及內臟，分別藏於兩個冰箱內。其他殘肢則分佈於三個大膠箱內，並加以鹽醃。L 打開膠箱，發現殘肢已開始腐爛，認不出是哪一個部位，唯一只能認出母親的纖纖玉手。

然後 L 與 K 用保鮮紙及黑色膠袋將其他殘肢包好，放入黑色大背包內。二人商討後，決定踏單車運送殘肢到大角咀浪 X 灣附近海旁，把殘肢拋進海裡棄掉。

為了掩飾弒親這大逆不道之事，L 嘗試以感人情節，令哥哥及大眾對他消除懷疑，整個社會都被他的孝心所牽動，並一同協助尋親。

2013 年 3 月 5 日，哥哥開始向 L 詢問父母下落，L 訛稱 3 月 2 日才與父母到旺角喝茶，之後不知父母去向。

3 月 7 至 8 日，L 與哥哥前往深圳尋找及打探父母下落。3 月 9 日返回香港後，哥哥到警署報案，懷疑父母曾到內地後失蹤。3 月 11 日，經入境處調查後，證實父母並沒有出境記錄。哥哥心急如焚，與 L 開設 Facebook 專頁「失蹤的爸爸媽媽」尋親，故事開始受大眾關注。

2013 年 3 月 13 日，L 與哥哥向傳媒求助，L 接受傳媒錄影訪問，L 向著鏡頭說：「究竟佢哋（父母）去咗邊……去到依家已經 12、3 日，都無回音，非常之擔心……」、「入境處 Check 過出入境記錄，佢兩位（父母）至今都係無出過境……」、「可以做嘅已經做晒，聯絡過親戚、朋友、同事，但到最後都係無頭緒……」傳媒報道後，令大眾及警方更加關注事件。

警方失蹤人口調查組將案件轉交重案組調查及跟進。重案組翻查閉路電視錄像、失蹤者的通話記錄、銀行存款記錄等。

2013 年 3 月 14 日傍晚六時半，L 應警方邀請，到達港島區警察總部協助警方調查父母失蹤案件，錄了一份口供。期間，L 問警員可否使用手提電話，警員准許後，L 以 WhatsApp 發訊息給朋友，與朋友道別，承認自己弒親，可能判囚終生。

　　協助警方調查後，L 離開警察總部，他相約表姐及好友深夜到尖沙咀的快餐店，交代父母失蹤的真相，向二人道出殺人計劃、過程、處理屍體方法等。L 打算交代一切後，便向警方自首，奈何 L 來不及自首，已被警方拘捕了。

　　2013 年 3 月 15 日上午七時，港島總區重案組於西環拘捕 L，他把共同犯案的 K 供出，警方於同日上午十時，於大角咀 X 興大廈拘捕 K。直至下午，於案發單位內搜出三個裝有殘肢的膠箱、分屍工具及大量證物。兩個冰箱內分別搜出兩名死者的頭顱、殘肢、肉碎、內臟等。

L 與 K 被警方拘捕三天後，二人已被起訴。直至同年 6 月，
案件轉往東區法院提訊，以進行交付高等法院處理程序。這段期
間，二人交由懲教署看管及還押於荔枝角收押所。

2014 年 8 月 5 日，案件於高等法院開審，預計審訊十五天，
以英文審訊。兩名被告 L 與 K，各被控兩項謀殺罪，於 2013 年
3 月 1 日，大角咀 X 興大廈一單位，謀殺 L 的父母。並控告二人
兩項阻止屍體合法埋葬罪。

L 否認謀殺罪，以精神失常為由，承認誤殺罪，控方不接受。
另外承認兩項阻止屍體合法埋葬罪。K 否認謀殺罪，承認兩項阻
止屍體合法埋葬罪。

案件由 S 暫委法官審理，主控官為 Mr. A，代表 L 的是大律
師 D，代表 K 的是資深大律師 W。兩位辯方大狀都是法援外聘的。
抽選陪審團期間，分別有八名人士以不同理由向法官申請轄免職
務，例如英文不佳、離港工幹、親人患病等。

另外，一名男陪審員被抽選後，在宣誓時無法以英語讀出誓
詞，於是法官免除他的職務，空缺立刻另作抽選。幾經波折，最
終成功抽選出三男四女陪審團，案件正式開審。

法官提醒陪審團，此案件經傳媒廣泛報道，他們不應理會，
只需考慮呈堂證物及證人口供作裁決便可；審訊中亦會有些令人

不安的證物及相片，提醒各陪審員有充份的心理準備。兩天後，一名陪審員因身體不適，向法官申請轄免職務，法官批准，成為六人陪審團。

2014年8月13日，一名女陪審員，稱心理上承受極大負擔，以健康為由，向法官申請轄免職務。於是，為了審訊的公平性，法官唯有下令將陪審團解散，並下令案件重新開審時，陪審員需增加至九人，案件排期再審。

直至2015年2月23日，案件再次於高等法院開審，預計審訊二十天，以英文審訊。審訊的基本資料例如：控罪、答辯、主審法官、主控官、大律師都沒有改變，唯一改變的是陪審員增至九人，法庭花了兩小時，抽選出四男五女陪審團，案件正式開審。

首先，看看於案發單位內搜出的證物。單位面積大約是四百多平方呎，當時其中一個房間開啟了冷氣機及抽濕機。警方搜出三個已封好的大膠箱，內藏加以鹽醃的人體殘肢。另外發現三個黑色膠袋，內有兩名死者的手腳殘肢。包裹殘肢的方法是噴上空氣清新劑，包上保鮮紙，然後再放進黑色膠袋。

其中一個冰箱的冷凍庫內有兩個飯盒、五個已打結的白色膠袋，內有不同大小的人體殘肢、肉碎、器官內臟如子宮等。慘不忍睹的是，冰箱內有一個置於一條毛巾上、沒有被包裹的女性頭顱。

另一個冰箱的冷凍庫內亦有飯盒、膠袋，內有人體殘肢、肉碎、器官內臟如心臟、肺部、腎臟、肝臟及陰莖等。同樣地，冰箱內有一個置於一條毛巾上、沒有被包裹的男性頭顱。

警方在單位內搜出四把牛扒刀，其中刀刃及把手上發現男死者的血。及後亦搜出一把豬肉刀、一把削骨刀、砧板、鎚子、鋸子、十包餐桌鹽、六個電飯煲、多達六百個發泡膠飯盒（L稱本想將屍體製成人肉叉燒飯棄掉）、兩個微波爐（曾將人肉加熱）、英泥及泥沙（L稱K本想將殘肢和內臟藏於英泥及泥沙中，形成磚狀物，可惜太重，故選擇棄於大海）、黑色大背包（用作運送殘肢）、紅黑色筆記簿（K記下如何放血、解剖及列出殺人計劃的購買物品清單）。

其他證物包括：兩名死者當日所穿的衣物、死者的個人物品及身份證、兩名被告於案發後的通話記錄（二人通話七十三次，最長通話時間為三十分鐘）、兩名被告的MSN對話記錄等。

L的電腦資料亦被呈堂，當中有Excel檔案，用以查看父母多個銀行帳戶號碼。檔案顯示父母存款總額為港幣五十萬元。另外，有檔案提及以寺廟作躲藏方案，列有需乘搭港鐵的荃灣老圍村西方寺，及需乘搭纜車的寶蓮寺。

說過證物後，再談談法醫報告。政府法醫F醫生出庭作供。在單位中的房間發現一些切割工具，另有三個黑色膠袋，化驗結

果顯示袋內有多達二十項人體殘肢，而且殘肢已經開始腐爛。

法醫總結，未能確定兩位死者的死亡時間，原因是殘肢被雪藏過、用鹽醃過、用微波爐加熱過，以環境證供推斷，死亡時間為 2013 年 3 月 1 日。

兩位死者的死因亦未能確定，原因是屍體被肢解，無法還原遺體，只能排除自然死亡。

男死者方面，頭部有多處傷痕，是生前或死前一刻曾遭多次撞擊而成，但非致命傷。頭顱的背面有個用刀刺成的傷口，是死前短時間內造成。胸口及咽喉的傷口，顯示死者被人從後用尖銳物以橫向割傷（割喉），可能是致命性傷害。左手手臂有些傷痕，是死前造成的，屬自衞性傷痕，顯示死前有掙扎過。其他殘肢，因曾被雪藏、鹽醃、微波爐加熱，所以不能確定傷勢是死前還是死後造成的。遺體欠缺左大腿、左小腿及右小腿，但雙腳腳掌已被找到。

女死者方面，頭部有多處刀傷，是死前短時間內造成。頸部有一處刀傷，顯示死者被人從後用尖銳物以橫向割傷（割喉），可能是致命性傷害。胸口有一處刺傷，可能是致命性傷害。遺體欠缺右前臂連手掌。

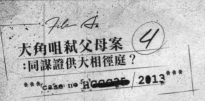

聽過 L 的作供後，現在我們來聽聽 K 親口說出來的故事版本。庭上播出 K 於警署錄影會面時，K 用手緊揞雙耳……

2013 年 3 月 15 日早上，警方於大角咀 X 興大廈案發單位拘捕 K，把他帶返警署後，由港島區重案組高級偵緝警員與 K 進行錄影會面，K 於警誡下，對警員說：「我無殺過人，唔關我事，L 淨係畀個膠箱我睇，我見到有啲手，同埋好似人體嘅部分，我淨係幫佢處理過……」

K 對警員稱，2013 年 2 月 25 日，L 提議：「放下假去吃喝玩樂。」L 會支付所有費用，所以 K 與 L 開始去玩樂、購買衣服、吃自助餐。

案發日，即 2013 年 3 月 1 日，L 在單位留下紙條給 K，吩咐 K 於指定時間後才可回家（晚上七時前不要回家）。K 記得當晚回家後，嗅到強烈漂白水及消毒藥水味，以為 L 是因發現死老鼠而進行清潔。

直至 3 月 4 日，K 在家嗅到異味，於是向 L 了解，L 打開房門及大膠箱，面帶笑容向 K 展示膠箱內的殘肢，K 感到心寒，自此，K 表示自己每日寢食難安。K 亦指 L 一直沒有說過殺了父母。直至某天，K 吃飯時看到電視報道指 L 父母失蹤，才意識到 L 殺了父母。

　　K當時否認謀殺及肢解屍體，還對在場的警員說：「如果我知係咁，我唔會俾佢咁擺（殘肢）……因為嗰度係我屋企，我根本走唔甩。」

　　K稱當時L已經「黐咗線」，L對K說：「你已經走唔甩！你唯一可以做嘅事就係幫我，你相信我，我會搞掂所有嘢。」、「N（L國內朋友）見過你阿媽！」K覺得遭L恐嚇，擔心L與N會傷害自己母親，唯有就範，協助L處理殘肢。

　　K表示曾考慮到灣仔警察總部「敲鐘」（報警），但擔心影響母親安危，又不想出賣朋友（L），所以最終打消念頭。

　　及後K開始協助L進行棄屍行動，替L購買很多不同棄屍物品，例如：泥沙、英泥、空氣清新劑、士巴拿、錘子等。

　　K向警員稱從來沒有見過死者的頭顱，只負責協助包裹及運送殘肢，而房間內的兩個冰箱及兩個微波爐，是L早前搬進來的。

　　K又說，在協助處理殘肢期間，不斷被L責罵：「包好啲、出力！」、「做！唔好問！」、「你點都要死頂㗎喇，唔係我哋一齊死呀！」。

　　K把其中一個大膠箱的殘肢，用保鮮紙包好，當他把包好的殘肢放進背包時，實在太嘔心「頂唔順」，跑到洗手間嘔吐，只剩

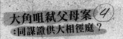

下 L 獨自包裹殘肢。

　　K 與 L 到浪 X 灣海旁棄殘肢途中，K 踏單車時發生了小意外，L 氣憤地、獨自將殘肢掉進海裡。另外，L 吩咐 K 將殘肢當作垃圾般棄掉。

　　K 向警員憶述，L 曾向他說憎恨父母，想殺死父母，然後自殺，當時他勸 L 不要這樣做，想不到 L 真的會下手殺掉父母，L 開啟大膠箱時的笑意令他心寒，認為 L 不知錯。另外，K 間中見到 L 自言自語，懷疑 L 有少許精神問題。

　　K 第一次錄影會面完畢。

　　由於錄影會面中，K 沒有承認、招認任何指控。而另一方面，L 於錄影會面中，稱與 K 策劃殺人計劃，於是警員進行了相互交替（Cross Serving）。

　　相互交替是指假設案件中有兩名疑犯，兩名疑犯都有進行錄影會面，若果其中一名疑犯有提起第二名疑犯，或者對第二名疑犯作出指控的話，警員便會考慮做相互交替程序，將第一名疑犯的錄影會面，播給第二名疑犯看，看他對第一名疑犯的指控有沒有回應。

　　警員向 K 播放 L 的錄影會面，L 稱與 K 策劃殺人計劃，又提

到如何偷襲父母，又打算用殘肢製成叉燒飯盒。K 觀看途中，雙手抱頭表示頭痛，需前往洗手間五分鐘。返回房間後，警方繼續播放 L 的錄影會面，L 講述二人溝通暗號等。

觀看 L 的錄影會面後大約四十分鐘，K 突然深呼吸，然後問警員：「有無認罪紙？」、「殺人乜都好，我都認啦，OK？」

警員：「如何殺人？」
K 回答：「用刀……就咁殺，殺完肢解，跟住煲……」當時 K 稱自己負責殺 L 的父親。

警員：「如何將屍體肢解？」
K 突然情緒失控、泣不成聲，他回答：「當時一人一件（每人殺一個人）。」

K 告訴警員花了很長時間籌備這個殺人計劃，警員問計劃是誰發起，K 保持緘默。

K 承認於案發單位搜出的十包餐桌鹽，其中七包「超值牌」是他購買的，K 回答：「因為我有香港腳，所以要浸腳，我只會買超值牌，因為平靚正。」K 也提及其他用來處理殘肢時所購買的物品，都是由 L 吩咐他買的。

警員向 K 出示一本由案發單位搜出的紅黑色記事簿，懷疑簿

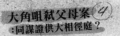

內記錄了殺人計劃的細節，K 說不知情。

　　警員提及於案發單位搜出多個沙包及英泥。K 回應當時將沙和英泥混合，放入載有殘肢的膠袋，然後掉進海裡。

　　K 錄影會面完畢。

法庭遊蹤
Court Diary

看過庭上播放 K 於拘捕後的警署錄影會面的情況後,現在看看幾位證人出庭作供時的情節。

首先談談 L 的哥哥的證供。哥哥表示一家人關係普通,間中會有一般家庭的小爭執,L 與父母關係不算親近,但沒有發生過強烈衝突。哥哥形容 L 性格沉默寡言,甚少與外界接觸,認為在 L 心目中覺得「全世界都欠咗佢」。

哥哥知道父母生前於西營盤及天水圍各有一處物業,另於深圳有兩項物業。哥哥強調父母生前並沒有欠債的可能。此外,父母生前訂立遺囑,哥哥與 L 是遺囑受益人,但哥哥知道 L 曾就父母的遺囑內容,與母親發生爭執。

哥哥透露,於 2012 年末,即案發前大約三個月,哥哥為父母購入意外保險,而哥哥是唯一受益人。回想案發後,哥哥發現父母失蹤時,覺得不尋常,致電給 L 查詢情況,L 訛稱 3 月 2 日與父母曾於旺角某酒樓喝茶。

面對哥哥的詢問,L 建議先自行尋找父母,於是,兩兄弟開始尋親之路,二人更前往父母於深圳的物業向租客查詢,但沒有消息。

哥哥稱 L 被警方拘捕後才知道父母遇害,更震撼的是兇手竟是自己的弟弟。

接著是 L 的表姐出庭作供。表姐認為，L 平日只會記得別人對他不好的地方，未能感受到他人痛楚。當 L 父母失蹤後，表姐曾協助兩兄弟尋找父母，她知道受害人喜愛長洲，曾經遠赴長洲張貼尋人啟示，但始終杳無音信。

2013 年 3 月 14 日，L 傳送手機短訊給表姐，內容是：「知道哥哥及表姐尋找父母的心血，終於感受到與家人的情感連結，不再憎恨世界。」並相約表姐及另一位朋友 Y，當晚深夜於尖沙咀海旁的快餐店見面，L 對表姐稱：「我怕我今晚唔講無機會講。」

當晚 L 向表姐及 Y 道出一切，L 說自己是心理變態，相信自己會坐監。原本 L 想在三十歲前自殺，但 K 改變了他的想法，由想自殺變成殺人，於是花了數個月籌劃殺人計劃。

表姐指 L 沒有親口承認殺了父母，但言詞間有此意思。L 提及殺人後，曾想過將屍體當成垃圾般棄屍，但被 K 處理屍體時弄傷大腿，所以延遲開始處理屍體（肢解）。談到事情還未被人揭發，L 表現得冷靜及自豪。

L 對表姐說，殺父母後，原本下一個殺害的目標將會是哥哥，但最終沒有實行，因為在尋找父母的過程中，感受到哥哥關愛，L 還說，自己沒有勇氣對哥哥交代整件事情的真相，所以拜託表姐將事實告訴哥哥。最終，L 與表姐約定，於翌日（3 月 15 日）自首。

第三位出庭作供的是 Y。Y 是 L 從小認識的好朋友，二人會相約吃飯、一起玩遊戲機。Y 稱，L 是活於自己的世界，尤其於澳洲讀書回港後，L 孤立自己，令自己難以融入社會。Y 知道有次 L 帶女友回西營盤的家吃飯，但遭父母趕走女友，不許 L 帶女友回家，所以 L 不高興，一直耿耿於懷。

Y 憶述，2013 年 3 月 14 日下午，L 致電給他，告知殺了父母。於是，L、Y 及 L 的表姐，相約當晚深夜於尖沙咀海旁的快餐店見面。

當晚深夜，L 向 Y 及表姐道出一切，將殺人計劃、過程、處理屍體方法一一説出，L 提及本想將屍體當成垃圾般棄屍，但被 K 處理屍體時弄傷大腿，沒有實行，最終將屍體肢解，把殘肢分成一包包、掉到海裡。

Y 指當時已經是凌晨，所以 L 打算翌日早上前往自首。Y 作供時，間中停頓，讓人感到他有少許哽咽。Y 稱，L 於父母失蹤後，得到外界關心，感到與外界有連繫。L 為贖罪而自首，他知道自己沒有處理好與父母的關係，犯案後感到後悔。

第四位證人是 L 的朋友 H。L 與 H 是中學同學，二人間中有聯絡，會一起逛街、吃飯、看電影。H 認識 L 的父母，還與他們吃過一兩次飯。

　　H 稱，2000 年時，L 就讀中六，後來父母供他到澳洲讀書，但 L 與當地的同學未能好好相處，而且成績不好，跟不上學習進度，於是未畢業便返港了。

　　L 回港後，父母又供他到香港大學持續進修學院進修。H 稱：「L 有幾年時間無乜點做過嘢……」H 於 2011 年曾介紹工作給 L，但入職後表現不佳所以被解僱。在 H 心目中，L 雖然做過數份工作，但每次都「做唔長」。

　　H 回想 2013 年 3 月 14 日下午大約三時許，收到 L 來電，語帶凝重對 H 說：「我想見你最後一面。」於是，二人相約傍晚於西營盤一間餐廳見面。

　　「我同拍檔（K）殺咗阿爸阿媽！」L 於餐廳沉重地說。H 起初以為 L 說笑，但看到新聞，知道 L 在尋親，加上 L 當時表情十分認真，才驚覺 L 說的是真話。

　　面對朋友說出如此震撼的話，H 都顯得不知所措，他要求陪同 L 去附近警署自首，但 L 稱當晚深夜約了表姐與 Y 道出一切，而且 L 也想好好睡一覺，翌日才到警署自首，所以拒絕了 H 的提議。

　　雖然 H 未能勸服 L 立刻前往自首，但總要向他了解為何殺人。L 回應 H，本來不開心、想自殺，稱：「Partner（K）話自殺唔好

玩，不如殺人啦！」

　　L 向 H 透露，花了數個月時間策劃殺人，案發當日，由拍檔（K）先殺母親，然後 L 與拍檔合力將父親殺掉。Y 指 L 原本下一個殺人目標是哥哥，但最後打消念頭，因為父母「失蹤」後，L 從尋親過程中感到與社會的連繫、社會上有人關心、重要是得到哥哥和親友的關心，這些都是 L 欲前往自首的原因，不想再浪費人力物力。

　　看了幾位 L 認識的證人作供，現在我們來看 K 前女友，M 的作供。K 與 M 於 2000 年結識，大約半年後（2001 年）二人便墮入愛河，但這段愛情未能好好延續下去，原因是 K 在工作時弄傷腰部，需使用拐扙輔助行動，自此他失去信心自暴自棄，性格像小孩及泥膠（容易受控制）。終於，這段感情於 2002 年告終。M 於庭上稱：「捱矇（假裝無知）一年頂唔順。」但二人分手後仍有聯絡。

　　M 形容 K 不懂防範別人、容易讓別人「搓圓撳扁、搵笨」，又過份服從別人。M 又指 K 性格溫和、不會傷害人、「我信 K 俾人傷害多啲，佢連動物都唔會傷害」。

　　M 透露，K 在新西蘭曾認識新女友，但女友背叛他「一腳踏兩船」，還騙了 K 十萬港元，K 接受不了，想不通之下自殺，雖然他最後獲救，但記憶力嚴重受影響，而且影響智力，變得更加

依賴別人，M稱：「K連一個六歲細路都不如。」

　　M回想2013年3月初，曾與K通電話，當時K稱：「有緊要嘢做要返大陸。」M形容當時K的語氣不太正常，不願回答問題，還以為K認識了新女友所以覺得尷尬。

　　M於庭上作供時，K在犯人欄內目不轉睛地看著她，還在散庭後抱頭痛哭及身體不停顫抖……

聽過眾多證人的作供後，本篇文章將與大家談談第一被告L的精神科報告，由於L選擇不上證人台作供自辯，所以兩位辯方精神科醫生報告及作供極其重要，要了解L的內心世界，到底他犯案時，有否因精神病影響？可否因而減輕刑責？

2014年7月，香港大學精神病學系鍾醫生曾與L進行過一次會面，時間長達兩小時三十分鐘。

L曾到澳洲讀書及生活，他形容自己當時有七成時間會胡思亂想。從二十歲開始出現情緒毛病，當他看見母親憂鬱和傷心的面孔，會感到害怕。直到二十七至二十八歲起，才開始懂得控制自己的思想和感受。

L向鍾醫生透露戀愛史，當他十八歲還在中學階段時，遭女同學拒絕追求，此事對L影響十分大，因為他一向認為自己天資聰慧，女性無法抗拒他的「男神」魅力，他多次結識其他女性，可惜未能成功。直至有一次，他終於成功在巴士上結識女性，並能相約對方，最後更發生關係。

L又透露，他曾在巴士上非禮女乘客，偷偷用手接觸女乘客大腿，嚇得女乘客大叫及撥開他的手。之後，L變本加厲，偷摸女乘客下體，但對方只會撥開L的手或躲開，令L非禮女性的行動越來越大膽。

大約在案發前一個月，L 每日重複聽著一首俄羅斯古典鋼琴樂曲〈Vers La Flamme〉（歌名意思是走進烈焰），這曲是由俄羅斯音樂家史克里亞賓（Scriabin）於 1914 年所創作，旋律雖然簡單，但十分緊湊，內容講述世界被火燒毀。鍾醫生認為此曲多少也會反映出 L 犯案時的心理狀況，而此曲內容與 L 堅信世界末日即將來臨的信念吻合。值得一提的是，L 只向鍾醫生提及過世界末日來臨的想法，從未向警員及其他精神科醫生提及。

鍾醫生承認沒有向 L 理解該樂曲及該曲對 L 有甚麼實質影響，亦承認沒有詢問清楚樂曲內容，只憑樂曲名便認為歌曲與 L 的世界末日思想吻合。

L 向鍾醫生表示，對自己要求甚高，認為三十歲前要有一番作為，希望在物理或數學研究上作出貢獻，但最終不能達成目標，覺得人生毫無意義，要自殺了結人生。鍾醫生推斷，L 於自殺前想找人陪葬，視父母為容易下手的目標，犯案未必是經濟問題或仇怨所致。

與鍾醫生的會面中，L 表現流暢、冷靜，沒有哭泣或其他精神失常徵兆，每當想起已故父母時會感到傷心，L 亦稱當時不知道自己為何要犯案。還押期間，L 曾想過用床單吊頸自殺，最終決定等待審訊完結。

直至會面接近尾聲時，L 自言自語五至十秒，繼而瘋狂地笑

起來，又稱見到一些圓圈，並畫給鍾醫生查看，鍾醫生稱這事件為「放空事件」，並相信該事件是 L 假裝出來的。鍾醫生認為 L 腦海時常會突如其來湧現不同畫面，有時是音樂，有時是一串物理符號，都是屬於「強迫思想」。

經過會面後，鍾醫生診斷 L 患有躁鬱症、強迫症、兩極人格、人格障礙症，認為 L 可因精神失常而減輕刑責，犯案時是受到精神病影響，接受治療後情況可能會有改善。

另一位辯方精神科醫生是青山醫院前院長張醫生。L 向張醫生透露，中二時開始不想與人交流，變得抑鬱及憤怒，回到自己房間時會大叫及抱怨。中三時覺得有人在街上跟蹤他。到了中五時被女生拒絕交往，令抑鬱加劇，會考成績不太好。到了澳洲讀書及生活時，有七成時間會胡思亂想。

L 表示自己空想（Random Thoughts）超過十年，這種思想用意志控制不了，可維持幾秒至兩小時不等，而且沒有固定內容，可以是一輛巴士、兩個人的對話、物理學或音樂。L 形容這些念頭怪異，像「外星人」般，似是有人將想法植入他的腦內。張醫生認為 L 空想的內容沒有意義，所以屬於侵入性想法（Intrusive Thoughts）。

張醫生又指 L 是自戀狂，對自己期望極高，無法忍受批評，但沒有反社會現象。另外，L 有被害妄想及幻聽症狀，這些病徵

使 L 常常出現憤怒及抑鬱的混合情緒，故出現自殺及殺人傾向。L 明顯與父母關係欠佳，所以選擇向父母下手殺害。

犯案後兩星期，L 稱壓力得以舒緩，感到冷靜，不再有空想、抑鬱及痛恨世界的念頭，重新與世界聯繫起來，直至還押小欖精神病院期間，空想情緒又再出現。

張醫生引用精神病科雜誌《Current Psychiatry》文章，指有 75% 弒母的男性兇徒是患有精神病，另有 65% 弒父的男性兇徒是患有精神病。同時弒父母的情況罕見，難以蒐集數據分析。而正常思維的人會認為殺雙親是十分困難，尤其是弒母。

張醫生再引用《Current Psychiatry》文章，指弒親的人都是單身、與父母同住及犯案動機為被迫害妄想。張醫生認為 L 與以上兩點情況相近，但 L 的精神病未至於嚴重影響其日常生活。

張醫生診斷 L 患有精神分裂症及情感障礙的情緒精神病，故犯案時均受精神病及神智失常所影響。張醫生認為應改控 L 誤殺，判處無限期醫院令，L 需長期在小欖精神病院接受治療。

看完辯方精神科醫生的作供後，是時候看看控方精神科醫生的反駁。

首先談談小欖精神病院顧問雷醫生對 L 的診斷。雷醫生與 L

會面過三次，測試指 L 的智商高達 126，但 L 對自己的得分並不滿意，難以接受自己不是高人一等的事實。

雷醫生表示 L 缺乏同理心、冷血、不會對受害者感到悔疚。L 愛幻想，著迷於物理方面的原理。又認為 L 比較喜歡與不及自己聰明的人交朋友，而且會利用對方。

雷醫生指出 L 認為弒親是解決問題的方法。雷醫生問 L，既然不滿意父母，為何不搬離寓所？L 沒有直接回答雷醫生的問題，只表示搬出寓所需要金錢。

另外，雷醫生認為 L 有精神變態的表現，想活得與其他人不同，精神病者往往會依賴和剝削其他人，L 於這方面與精神病患者類同，慣於埋怨別人。L 殺人後擔心自己的傷勢，但沒有理會父母感受，是精神變態的特質。案發翌日，L 望見父母的床空空如也，即時感到解脫，認為不用再殺害胞兒及自殺。

L 曾在內地與女性發展過六至七段感情關係，其中一名女友懷有他的骨肉，當時 L 要求女友墮胎，最後，女友獨自誕下小孩，在審訊時（2015 年）已經三歲，但 L 也沒有意識要見親兒。

於會面後，雷醫生診斷 L 沒有嚴重精神病，只是有人格障礙、自戀狂、自大、心理變態，沒有精神分裂症、躁鬱症等嚴重精神問題，認為 L 不能因精神失常而減輕刑責。

另一位控方精神科醫生是小欖精神病院顧問蕭醫生。L 對蕭醫生稱，犯案前一至兩年開始思考人生的成就，期望三十歲前發明物理理論或找到真愛，可惜失敗，令他想自殺。

惟蕭醫生認為 L 沒有任何精神病，而且對犯案並無悔意，L 的精神病徵兆不足以令他減輕刑責，建議可以把 L 留在小欖精神病院作進一步觀察。

File A

　　本案的第二被告 K 是我聽審以來印象最深刻的被告。K 的自辯，絕對是整個審訊的精粹。他的背景資料、早期生活歷程、與 L 的相識經過及關係，都已在稍早篇章談及過。現在就來談談 K 的大狀主問、自辯及盤問內容吧。

　　K 的大狀開宗明義地指出，K 的智商只有 84，屬「次正常」水平，他完全不知道第一被告 L 的殺人計劃，殺害兩名死者及肢解行為全是 L 一個人做的。L 利用 K 與他的友誼關係，將罪責推往 K 身上，找 K 來「頂罪」及減低自己的罪責。

　　K 的自辯中表示 L 沒有告訴他有關殺害父母的計劃，只是曾經提及不喜歡父母而已。即使 L 向 K 展示殘肢後，L 也一直沒有提及死者是自己的父母。直至 K 某次吃飯時看到電視報道指 L 的父母失蹤，才驚覺 L 殺了父母。

　　K 提及，見過殘肢後十分驚慌，想致電告訴姊姊，但聯絡不上。K 又曾致電給岳父，希望聽聽岳父的聲音以得到安全感，但對話中沒有將實情告訴岳父，對話後，K 又回到床上發抖。

　　於 K 的大狀盤問尾聲時，K 解釋為何於警署中承認殺人。K 辯稱，向警員招認殺人只因發脾氣，當時頭很痛及十分疲倦，只想盡快完成錄取口供程序，然後睡覺。K 表示他之後已就發脾氣一事，認錯及向警員道歉。

接著就到第一被告大狀向 K 盤問，刺激的盤問環節即將開始！

K 於盤問中，多次激動地向大狀說：「屈我啦，你哋唔信我，我控制唔到，我無辦法！」

首先大狀指出案發當日，L 只有短時間在案發單位內，負責肢解屍體的是另有其人。K 表示自己不在場、不知道。

大狀質疑 K 所提及的 L 國內朋友 N，是 K 虛構出來的，因為 L 從來沒有向警方提及此人。K 否認。

然後大狀指出 K 是與 L 一起策劃殺人計劃、聯手殺害死者，並由 K 負責肢解屍體。K 激動地回應：「你可以屈我，可以繼續屈我，無問題，我講咗事實，你哋信唔信我，我控制唔到！」

大狀再質疑 K，為何不在 L 向他展示殘肢時報警？K 稱自己不敢報警，擔心 L 會傷害母親，也不想出賣朋友 (L)。當警員到單位拘捕 K 時，他心裡感到獲救了，因為他以為 N 也被警員拘捕了。

第一被告大狀完成盤問後，便是到控方大狀盤問。

控方大狀問 K，案發當日，L 身上有刀傷，獨自到醫院求醫，這些刀傷是如何造成的？是否由 K 造成？K 表示毫不知情。

控方大狀指出，根據控辯雙方同意案情，於2013年3月2日，即案發翌日，K曾經致電L。K否認，其後才同意上述記錄，他強調3月4日才開始使用該電話卡。

控方大狀追問K，是否在證人台上扮無知？K神情憤怒地回應：「我唔係無知！我知！」

K把單位廚房窗戶用水泥填封，控方大狀質疑是避免鄰居看見他在屋內殺人及肢解屍體。K堅稱此舉動是為了防止老鼠進入單位內，又稱自己沒有錢維修窗戶，才把窗戶用水泥填封。

當控方大狀再追問K，K霸氣反問控方大狀：「係唔係你幫我食晒啲老鼠？」K稱，上洗手間時「啲老鼠，佢望住我，我望住佢！」他又在庭上用手比劃出老鼠的體積，目測老鼠身軀連尾部大約六至八吋長，法官立即笑言：「咁啲老鼠都無啖好食！」

接著是有關證物的提問，控方大狀指出，屋內搜出的一部電腦內，存有失蹤人士的英文文件。K表示L也會使用該電腦，認為文件是由L下載的，K還在庭上自嘲：「我有咁好英文就好囉……就唔會搵唔到工，我新西蘭個女朋友就唔會話我無用……」

控方大狀又指，案中用作雪藏死者殘肢的冰箱，店舖東主記得是K購買的，並一同用手推車把冰箱運進單位客廳內，購買單據上亦寫上K的電話號碼。K再三否認，並激動地說：「屈啦，

無問題㗎，你係律師，你大晒！」、「我以為 L 用嗰兩個雪櫃去經營燒烤店，佢講我先知佢開燒烤店，早知我去食嘢！」

控方大狀向 K 展示於單位搜出的四把牛扒刀，其中一把刀刃及把手染有男死者的血，指 K 用這把刀殺死男死者及肢解屍體。K 解釋，L 提議一同喝紅酒及吃牛扒，才陪伴 L 前往尖沙咀超市購買牛扒刀。K 又稱，沒有用這些刀殺害男死者或肢解屍體。

控方大狀指出，於單位客廳搜出購物單據，經調查後，證實於 2013 年 1 月 9 日，兩名男子曾到深水埗刀廠購買骨刀及豬肉刀，還要求把刀磨至鋒利。K 否認買刀，稱沒有見過這些刀。

控方大狀聽罷直指 K 為推卸責任而說謊。K 立刻否認，指 L 於聖誕節及情人節均有到過單位，這時，L 在犯人欄內竊笑。

控方大狀呈上 K 與 L 的 MSN 對話內容（這些內容是控辯雙方同意的）。當中 L 提及：「一日搵唔到，一日唔知道 ABC 已經 X 咗」、「佢哋唔知 ABC 三個 X 咗」、「後悔曾講過半年時間太耐」等，大狀問 K 以上對話是甚麼意思？K 稱：「嗰個唔係我，我唔知。」、「如果你屈我，我無辦法，一出世嗰陣都可以嘅！」他否認曾與 L 透過 MSN 對話，指自己很長時間沒有使用 MSN，又指自己的 MSN 帳號不需要密碼便可登入，可能是 L 盜用他的帳號。這時，法官再度提醒 K，這些記錄已由雙方大狀同意，大狀必定事先得到 K 同意。K 回應：「唔知簽咗咩，律師畀我就會簽（名）。」

其後控方大狀呈上於 K 床下搜出的紙張，寫著：「窗簾、三部雪櫃、豬肉刀三把、生果刀⋯⋯」K 強調只是按照 L 吩咐，把紙張收起，對紙上內容一無所知。

控方大狀再呈上多張購物收據，顯示曾經購買漂白水。K 解釋，只買過一瓶漂白水，倒進廚房及洗手間的水渠中，目的是驅趕蜈蚣。之後，控方又呈上第二張購物收據，列出購買了漂白水、香腸及雞醬。K 表示可能是自己購買，因為他喜歡吃香腸和雞醬。

控方大狀再三呈上另一張家品店的購物收據，顯示購買了兩個地拖、兩個膠桶、兩個膠桶蓋、一個盆，大狀問 K 是否幫 L 購買這些物品？ K 回答：「我無！」、「唔係得我一個喺間屋度住喎！」

最後，控方大狀提及 K 早於 2012 年 12 月已經知道 L 想殺掉父母，質疑 K 為何不去報警、舉報或與 L 絕交？ K 解釋，最初認為 L 是發脾氣時隨口說說的話，以為 L 與日本女友分手了，所以不開心及胡思亂想，才說要殺掉父母。這時，L 再一次在犯人欄內竊笑及細聲說了一句：「嘩⋯⋯」

K 作供完畢。

故事來到尾聲，只剩下第二被告 K 的大狀傳召臨床心理學家作供及控辯雙方結案陳詞及審訊結果。

現在聽聽辯方專家證人，臨床心理學家李先生的作供。

李先生當心理學家已有三十年經驗。在本案中，他與 K 總共見面了七次，有以下觀察及發現：K 沒有任何精神病，但智商僅84，低於平均水平，一百人中只有十三人智商低於他。K 操作智商（知覺組織和處理速度）是91，言語智商（言語理解和工作記憶）是81，顯示言語智商較低，反映 K 並非全面發展。

經長期觀察後，李先生認為 K 是個率直的人，情緒及表情是源自其真實經歷。K 對警方作出招認，是出於疲倦及自我放棄，在警署的錄影畫面中，沒有詳細憶述案情，只是簡單地說自己用刀殺人，所以李先生認為 K 於警署的招認是不可信的。李先生又認為，這個犯案計劃已超越 K 智商可處理的範圍。

李先生相信 K 的原因，是基於以下五點：

第一，K 提及殘肢時的具體反應是驚慌；

第二，K 每次的說法大致相同；

第三，K 出現創傷後遺症徵狀，例如常常發惡夢，夢中看見殘肢片段；

第四，K 的智商較低；

第五，K 經常重複講述一些片段。

所有辯方證人作供完畢，現在與大家簡述控辯雙方結案陳詞的要點。

首先是控方大狀陳詞。控方指出，第一被告 L 與第二被告 K 於案發前後保持緊密聯絡。另外，控方認為殺人時間僅二十分鐘，若只有一人犯案，根本無法殺害兩名死者。

控方認為 L 承認殺人但否認肢解屍體，是營造自己於精神失常影響下殺人，以減低刑責。惟控方精神科專家證人已證明 L 沒有精神問題，不應獲減免刑責。而辯方精神科專家出庭作供時亦承認，若有強烈證據證明 L 有殺人動機（例如金錢），或會改變對 L 的診斷結論。

控方亦指出 K 出庭作供時大話連篇，從警署錄影會面及庭上作供表現中可看出差距，又於庭上作供時營造自己是弱者，搏取各人同情。K 曾說過自己腰部受傷，無法揹著重物，但經醫生檢查後發現 K 根本沒有受傷。控方也認為，K 智商雖然較低，但絕非愚蠢，本案的複雜程度未能導致 K 無法處理。

控方陳詞完畢後，接下來是 L 的大狀陳詞。大狀認為本案沒有任何證據指出 L 是因為貪取父母金錢及財產而犯案，就連 L 本人也無法解釋犯案動機。L 日常從股票買賣中賺取收入，生活水

平正常，不奢侈。大狀又指出犯案時花費不便宜，顯示 L 並不缺錢。另外，辯方精神科醫生亦證明 L 犯案時是受精神問題影響。

此外，L 犯案後，主動對表姐及朋友坦白承認事實，又在 WhatsApp 群組向其他朋友招認犯案，與朋友道別，亦向警方和盤托出整個犯案過程和細節，是不尋常行為。種種跡象顯示，L 的確有精神問題。

然後是 K 的大狀陳詞。大狀認為 K 的智商較一般人低，他心地善良，被別人殘忍對待也不會還擊、不會對別人做出殘忍的事。

L 如此聰明，又有資金，如果需要一個殺人拍檔，根本不會選擇 K，因為低智商的人不能獨自清理殺人現場，也不能在無人指導下肢解屍體。而且，本案沒有任何證據指出 K 有犯案意圖。

值得一提的是 K 被捕後，曾被轉送到多間警署，已折騰了很長時間。在警署中，K 已十分疲倦，被扣留四十小時後，在半夜時分開始錄取口供長達八小時，警員目的是要在四十八小時拘留限期間令 K 招供。雖然警方曾反駁，指 K 被拘捕時早已承認非法處理屍體，此罪名也足以令警方將他繼續拘留，但警方目的是要令 K 對殺人方面作出招供。所以疲勞轟炸的情況下，K 於警署突然招認是不可信的。

經過控辯雙方作結案陳詞後，下一個審訊程序，是由法官對

陪審團作出案件總結及指引，然後陪審團便開始退庭商議。

　　由四男五女組成的九人陪審團商議六個多小時後，以八比一大比數裁定第一被告 L，兩項謀殺罪名成立，依例判處終身監禁；而 L 早前承認的兩項阻止屍體合法埋葬罪，各判處四年八個月監禁，分期執行，共九年四個月，但與謀殺罪同期執行。

　　至於第二被告 K，陪審團一致裁定兩項謀殺罪名不成立。而 K 早前承認的兩項阻止屍體合法埋葬罪，判處一年監禁，由於 K 已還押兩年，可即時獲釋。

　　長達二十天的審訊，終於告一段落。

FILED
IN COURT

File A ☑   File B ☐

case no HCCC35 2015

灣仔嘉匯軒雙屍案

- 可卡因殺機
- 案發片段掀高潮
- 專家證人現分歧
- 結案陳詞披露被告身世

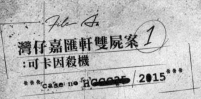

全城矚目的灣仔雙屍案，除了成為全城焦點外，亦吸引到來自英國、美國多家傳媒報道，例如：The Guardian、BBC、The Mirror、Bloomberg、Reuters 等。到底此案為何如此引人入勝？

每庭審訊前後，位於高等法院 LG6 樓層的囚車出入口都瀰漫著一種緊張氣氛，警員荷槍實彈監察疑犯運送過程，還臨時封閉了金鐘道往中環方向大約十分鐘，用「鐵馬」開路，加上多輛衝鋒車押送囚車以逆線離開。這是一個罕見現象，因為被告所犯的，不是涉及軍火案或劫獄風險極高類型的案件。為了這個疑問我亦搜集過相關資料，原來警方是收到法庭及相關部門要求，做了風險評估，調配適當人手及警力押送疑犯。

究竟這宗案件的案情是怎樣的？這要由 2014 年 11 月 1 日開始說起……案件是由被告自行致電報警稱「有事發生」而揭發的。

被告 J 被控於灣仔嘉匯軒 31 樓一單位內，先後殺害兩名印尼籍女子，她們為性工作者，與 J 有性交易。性交前，J 曾向二人提供毒品可卡因，而 J 亦有吸食可卡因。經法醫檢驗，兩名死者都是被割喉致死，首名死者頸部傷口更長達二十四厘米，其他部位也有傷痕（包括臉和眼部），曾受虐待，屍體檢驗時已開始腐化，傳出濃濃的屍臭味。

J 屬英籍，自小就讀英國名牌學院，曾入讀學費不菲的 Winchester 學院，於劍橋大學畢業後任職大型投資銀行工作，成

為銀行家。

看見 J 的樣子與普通外籍人士無異，亦不會一看就覺得他是「變態佬」。值得一提的是，他與兩年前被捕時的身型明顯消瘦許多，蓄極短髮，鬍子全剃光，戴上眼鏡，穿著深藍色恤衫，整齊地出席應訊，還帶備了厚厚的文件。審訊時，J 間中有抄寫筆記的習慣。

是次案件主審法官為 S 暫委法官，他曾主理過多宗謀殺案，例如本書亦有收錄的「大角咀弒父母案」，以及「淘大無屍兇案」，對處理謀殺案審訊相當有經驗。

至於律師團隊，絕對是強勢的。控方有四名大狀，其中一名主控官是曾於政府任職二十五年刑事檢控官的 R 資深大律師，為律政署外聘大狀，在法律界是響噹噹的人物，現時私人執業於大律師辦事處，他多年來不斷為法律界作出貢獻，例如擔任法律國際會議的講者、出版法律書籍等。另外，談到他曾主理過的案件，不得不提 2011 年前上市公司主席楊商人洗黑錢案。

辯方亦有四名大狀，其中一位是倫敦星級大狀 O 御用大律師，是 J 父母不惜賣掉家產也要為愛兒聘請的大律師，屬於英國大律師辦事處，客戶包括有倫敦富時 100 指數（FTSE100）、250 間公司機構、外國政府等。現時 O 大狀主要活躍於英國海外屬地開曼群島及香港。

本案中用作呈堂的相片集比較血腥，汲取以往同類型謀殺案審訊經驗，法官特別採用九人陪審團班子，抽出五男四女陪審員，審訊正式開始。

庭上播出 J 被補後，翌日於警署進行的錄影會面片段，當時他沒有律師陪同，錄影途中他感謝警方與英國大使館聯絡，說話看似清晰及有條理。

然後 J 開始講述驚慄血腥的案情，交代殺人前後的經過。首名死者化名 Alice，於召妓網站與 J 認識，開價港幣一萬元肉金，以陪伴 J 及進行性行為，J 議價後最終以港幣八千元還價成功，獲得 Alice 提供服務。

J 自述他時常吸食可卡因，同時會喝酒或 Red Bull，吸食可卡因後對性愛有極度需求，對尋求性刺激、性滿足意識很高，而且情緒會變得高漲。於是準備性虐用具與 Alice 進行極端的性虐遊戲，先用皮帶綁著 Alice 的手並虐打她，繼而迫 Alice 與他口交、強姦、舐他的肛門，用拳頭塞進 Alice 的陰道，綁著 Alice 的手然後迫她舐淋浴間內的馬桶，甚至用工具鉗子來夾 Alice 的乳頭使其又紅又腫，這些行動都令 J 得到快感。

J 稱無意及無計劃殺害 Alice，在殺死她前五分鐘才產生殺念，他趁 Alice 舐馬桶時，以左手從後掩蓋 Alice 的口鼻，右手用刀子由左至右割破 Alice 的頸項，但 Alice 並沒有即時死亡，J 再

用刀割她的頸。半小時後，J見 Alice 臉色蒼白、毫無氣息，就用大型膠袋將屍體向內屈曲然後緊緊包好，再放進行李箱內，完成後再將行李箱放於單位的露台。

J稱「殺她是唯一的選擇」，因為 Alice 擁有自己的電話號碼，怕 Alice 會將其被性虐的事報警控告，所以選擇將她殺害。其後，J曾經想過自殺及逃返英國，但始終並無採取任何行動。在警署錄口供期間，J間中會因情緒激動或哭泣而短暫停頓。

至於第二名死者化名 Jesse，於酒吧內與J認識，開價港幣一萬二千元肉金，以陪伴J及進行性行為，經J議價後最終以港幣一萬元還價成功，獲得 Jesse 提供服務。

J憶述與 Jesse 在單位內，均有吸食可卡因，與 Jesse 親熱期間，被 Jesse 發現有數件性虐用具，Jesse 即時破口大罵J，由於J覺得 Jesse 太嘈吵和煩厭，於是取出藏於沙發的刀，命令她立刻閉嘴，但 Jesse 無懼威嚇，仍然大聲高呼，J其後便將 Jesse 按於地上，然後用刀從後割喉將其殺害。

接著，影片中，警察為J展示搜集的證物，J一一解釋其來源及用途，當中有兜刀、相片、用以包裹 Alice 屍首的大膠袋、J手機（內有大量性虐待及驚慄相片）、銀包、信用卡、旅遊證件及一些屬於死者的隨身物品等。

File A

　　播放完 J 於警署的會面片段後，辯方傳召專家證人——來自英國的法證精神科 L 醫生作供。他與 J 曾於荔枝角收押所會面數小時，然後作出評估。L 醫生稱 J 認為自己受過高等教育，有智慧，自信自大，保護意識強，缺乏社交生活，不承認遇逆境、遇失敗便諸多藉口，患有人格障礙及性愛方面等心理問題，而且還沉溺於吸食可卡因、酒精及性虐遊戲。

　　在 L 醫生作供時透露 2012 年 J 曾因為酗酒，在英國向精神科醫生求助，又開始因特殊性癖好（性虐遊戲）而召妓，遺憾是他沒有持續接受治療。言談中，J 透露自己十六歲時曾目睹父親自殺，在讀書時又被迫與男同學口交，又試過於醉酒時被女性強姦，雖然心理受損，但仍裝作若無其事。

　　L 醫生提到 J 殺害首名死者 Alice 後，便設定了虐待第二人的計劃，並將第二人稱為「獵物」，他精心準備性虐用具，這是與 J 所患的虐待症相符，但醫生稱 J 沒有詳細交代虐待計劃，所以不能判斷 J 是否有計劃地殺害「獵物」。

　　另外，L 醫生判斷 J 是否有人格障礙時，大多數理據建基於 J 自述的背景、經歷及 J 對家人的說法而作出判斷，但由於 J 與家人分隔兩地已久，所以報告的準確度要視乎 J 是否坦白。在二人會面期間，J 向醫生提及電影《Truman Show》及《華爾街狼人》，認為 95% 銀行家都是心理變態，又稱自己與電影主角相似，證明 J 覺得自己是成功人士，被受注目及關注，自戀程度屬於人

格障礙。

此外，L醫生作供期間出現了一段妙問妙答的小插曲，由於他指J在案發時受到可卡因及酒精影響而犯案，所以法官問醫生：「若吸食可卡因越多，是否會增加殺人風險？是否可減輕J刑責？」醫生妙答：「我唔知道，要交由陪審團決定！」在場人士聽到後都笑了。

談到審訊的高潮，一定是控方律師在盤問L醫生期間所播出兩段由J手機拍攝的短片，供醫生分析及評估J狀態，片段內容可謂驚嚇萬分。

第一片段，相信是殺害第一名受害人後所拍攝。臉頰紅紅的J在自拍，稱自己殺了人，鏡頭一轉是個淋浴室，鏡頭轉向下方，地上伏著一名長髮全裸女性，臉朝地下，四肢呈微曲的大字形，頭部附近有大量血跡。影片播放時，我身旁的女士迴避播放中的螢幕，亦聽到另一名女士在我身後感嘆：「Oh my God！」

第二片段，是J描述性虐工具用法的片段，背景音樂十分強勁，是著名美國歌手Rihanna的歌曲〈Disturbia〉。片段中，J展示了兩條性虐用的巨大「假陽具」，其中一條佈滿密密麻麻的橫向坑紋，另一條則是平面光滑的，片段後段J更展示了手提卡式石油氣火槍，用作燃燒女性陰唇。

L醫生完成作供後，辯方傳召第二專家證人——英國法醫心理學P教授，他曾於2016年1月時，於荔枝角收押所與J見面合共十五小時，除了出庭作供外，P教授亦撰寫了一份長達二十多頁的醫學報告呈堂，究竟他對J的評估是怎樣呢？

報告內容主要是依靠P教授與J見面時的自述，包括個人背景及經歷，再作出分析。他認為J喜愛操控人，覺得自己是眾人的焦點及主角，要做領導角色、極度需要別人認同，經常強調個人成就，自大、自戀，有初步心理變態跡象，另外，教授稱曾與J作智商測試，達137分，屬極高智商類別，但J對此評分並不滿意、不滿足。

P教授認為J受經歷影響，導致人格障礙，沉溺於可卡因、酒精及性虐遊戲。J曾任職於英國第二大銀行巴克萊，因工作不如意，2010年轉職至美銀美林投資銀行，事業一帆風順，很快便升任為副總裁，年薪更高達二十六至二十七萬英磅。

直至2012年，因銷售銀行投資產品時違規，受上司責備及侮辱，更被指破壞銀行聲譽，於2013年被上司調往香港分部工作。

自此，J開始意志消沉，沉溺於可卡因、酒精、召妓、研究性虐影片，甚至有特殊性癖好例如：性虐待、召男妓、多人雜交。一連串惡習令他生活極度懶散，經常不上班，後來情況愈趨嚴重，

甚至要上司叫同事到其寓所請他上班。另外,他更缺席公司於倫敦的會議,事後辯稱自己有愛滋病。

　　關於本案方面,教授稱 J 曾經説述犯案經過,當時他情緒激動至落淚。大狀問教授:「J 為何落淚?」教授回答指 J 認為第一死者 Alice 由家鄉印尼到香港,辛苦工作賺錢養家,但因案發時他吸食可卡因,以致突然把道德拘束拋諸腦後,繼而把她殺害,對死者感到傷痛。而教授則覺得 J 落淚是真誠的,不是假裝同情死者。

　　最後 P 教授也認同第一專家證人 L 醫生對 J 的分析,J 有自戀型人格障礙,並有可卡因及酒精使用障礙,這是有可能影響 J 犯案的原因。

　　辯方專家證人出庭作供後，看看控方專家證人如何反駁辯方專家證人的論點。控方傳召專家證人——精神科周醫生作供，她認為被告有自戀傾向，但未至於人格障礙、初步心理變態、可卡因使用障礙、酒精使用障礙及性虐症。

　　周醫生主要說述被告在戀愛及性交方面的問題。J 每次談戀愛時間都較為短暫，戀情最長亦不多於兩年半，曾有過九名女友，亦有同性戀、肛交、多人雜交經驗。被告喜愛於性愛方面扮演主導角色，原因是曾有幾名女友叫他拍攝性交過程，又叫被告於性交途中綁著及掌摑她，自此他享受由自己主導的性愛，其後衍生出特殊性癖好。

　　最後出庭的控方專家證人，是精神科陳醫生，他於 2014 年成為醫生，曾有過十次於法庭作專家證人經驗，但本案是他第一次跟進性虐殺案件，他與 J 於荔枝角收押所見面四次，合共八小時。

　　陳醫生認為，J 有可卡因與酒精使用障礙，但未至於失控，可以控制自己。另外，陳醫生指 J 只有性虐癖，亦未至於構成精神障礙問題，這個觀點與其他三位專家證人的觀點是有所不同。

　　另外，根據陳醫生分析，他認為 J 喜歡選擇亞洲籍妓女作為性虐對象，原因是亞洲女性的身型比較嬌小，較易操控。而 J 對醫生稱，一度想強姦其他女性，但並無實行，所以陳醫生根據這

兩點，認為 J 能作出有思考能力的決定。

值得一提是陳醫生的觀點，是最接近控方所提出的檢控論點。J 殺害第一名死者 Alice 時，動手前在她耳邊說了句「我愛妳」，割喉後發現 Alice 並未死去，便把 Alice 拉進淋浴間再次割喉直至其死亡，其後將她的屍體藏於行李箱內，所以陳醫生認為 J 當時是有思考能力的。

J 殺害第一名死者後，到性商店及五金店購置性虐用品，還拍攝影片說明如何使用這些性虐用品及尋找下一名「獵物」，陳醫生認為 J 思路和說話十分清晰，顯示沒有完全被可卡因及酒精所影響。

辯方 O 大狀質疑陳醫生的觀點，成為是次審訊焦點，精彩之處。

聽過很多審訊，感覺某些根深蒂固的想法也改變了，尤其是對專家觀點方面，但諷刺的是原來專家的話亦絕非完全正確，當中又是為何？當幾名專家對 J 的分析各有不同，便會感到非常疑惑，究竟誰對誰錯？繼而令想法產生混亂，令人難以判斷 J 究竟有沒有罪，這亦是審訊引人入勝之處。

O 大狀從盤問開端便質疑陳醫生：「你於 2014 年才開始執業，只擔任過十次法庭專家證人，而跟進性虐殺案更是第一次，而且

你報告上結論顯然與其他三位專家證人不同……」只看以上的開場白，無疑已損害證人作供的自信心，但陳醫生處理得恰當，繼續作供，O大狀再問：「陳醫生，即是你覺得自己的報告正確，其他三位專家的看法是不正確？」陳醫生認為是。

然後O大狀即時揶揄陳醫生：「你都好有自信……」陳醫生認同。O大狀再問：「陳醫生，今朝在庭外，我見到你與專家證人周醫生談話，你哋傾緊咩？係唔係就你哋份報告交換意見？你係唔可以咁做。」陳醫生稱只與周醫生閒話家常，並沒有提及本案。

O大狀向陳醫生問了幾個問題，陳醫生看著一份疑似筆記的文件作答，O大狀又鍥而不捨追擊他：「陳醫生你睇緊咩？除咗你撰寫嘅報告之外，你係唔可以就你嘅筆記答其他嘢，依家我想睇下你枱上面嘅文件係乜。」經法官批准後，O大狀真有查看陳醫生放於證人台上的文件，但沒有特別發現。

完成作供後，陳醫生也鬆了一口氣，如釋重負，做專家證人不易、作供不易，壓力真是大得透頂了！

法庭遊蹤
Court Diary

所有證人完成作供，J 選擇不自辯。接下來的程序，是控辯雙方結案陳詞。

控方 R 大狀，陳詞用了約一小時，開場白是：「死者不是一件性物件、不是一件性玩具、不是性實驗品，而是有血有肉、活活的人……」R 大狀指 J 是有計劃殺死兩名死者，一直有謀殺念頭，選擇用吸食可卡因及飲酒來「壯膽」，情況就好像別人玩笨豬跳及滑翔傘前要先喝酒來定神一樣。

至於專家所指，J 有可卡因及酒精使用障礙、人格障礙等，陪審團可考慮這些因素對犯案影響有多大，再作出判決，不過，從 J 在案發前後所拍攝的影片顯示，J 犯案時可能受可卡因及酒精影響，但不是完全不能自控，言語清晰，應有能力控制自己。

陳詞最後，R 大狀亦有提起陳醫生的作供，認為辯方 O 大狀不應質疑陳醫生的資歷及其醫學報告的準確性，因為陳醫生任控方專家證人，辯方是同意的，R 大狀亦不禁嘆：「當人越老，不代表越聰明的……」

令人期待的辯方結案，究竟 O 大狀的陳詞能否幫助 J 減輕刑責？論點是否比控方結案內容更加堅實呢？

首先，O 大狀結案陳詞的兩小時中，花了較長篇幅交代 J 的個人背景。J 的外公曾於皇家香港警察任職高層，後來在八十年代

因涉嫌貪污被廉政公署調查，於是返回英國居住。

外公於香港工作時結識了 J 的外婆，她是中國人，於香港誕下 J 的母親，所以 J 擁有四分之一中國人血統。J 的母親是獨女，家境富裕，是個成功的商人，長居英國南部的古老大宅，其後在倫敦誕下 J。

J 原為大好青年，於英國劍橋大學畢業，在法律系取得二級榮譽成績，畢業後任職於律師行。兩年後，被獵頭公司網羅，轉投英國第二大巴克萊銀行工作，當時年薪十萬英鎊，花紅更有三萬五千英鎊。

直至 2010 年，J 再轉投美銀美林投資銀行工作，當時年薪躍升至二十萬英鎊。更可觀的是，兩年後，J 獲晉升至副總裁職位，年薪再攀升至二十七萬英鎊，可稱為金融界巨子，事業達至頂峰。

可惜好景不常，2012 年，J 涉嫌銷售違規，被上司以影響銀行聲譽為由，把 J 調往香港區分部工作，由 2013 年起，J 事業跌至谷底，自暴自棄，終日沉迷酒色、沉淪毒海。

有關本案方面，控辯雙方唯一爭論點在於 J 犯案時，是否因精神及神志失常為由而減輕刑責。早於 1957 年，英國法庭已有案例，疑犯可因精神失常為理由以減輕刑責，此為法庭案件中常見情節。

辯方 O 大狀的抗辯點是 J 有嚴重可卡因及酒精使用障礙，並有自戀型人格障礙及性虐癖症，導致 J 案發時判斷力弱、削弱其自制能力。O 大狀反駁控方，雖然案發時 J 有能力知道自己在做甚麼，但不能完全控制自己，以致殺害兩條性命。

後來，O 大狀也提及到精神科陳醫生的作供及醫學報告，O 大狀稱無意為難及冒犯陳醫生，但陳醫生是首次處理性虐殺案件，其觀點又與其他三位專家有所不同，希望陪審團不採納及不考慮該報告作為裁決基準。

O 大狀又以 L 醫生及 P 教授的資歷與陳醫生資歷作比較，L 醫生擁有十四年相關年資，而 P 教授則有四十一年相關年資，二人合共的五十五年經驗更顯出報告的準確性。大狀稱，若果陳醫生有看以上兩位專家證人作供，可能會對 J 的想法有所改變，其醫學報告可能會得到改寫。

最後 O 大狀不忘向陪審團表示歉意，形容本案證物中的影片、相片顯露殺人過程及血肉模糊情境，會使陪審團感到噁心、可怕、難忘及恐懼。重申陪審員不應因驚慌、憤怒而替社會向 J 報復而裁定謀殺罪成。

法庭審訊應依遁法律觀點及罪行成立元素作為裁決基礎，希望陪審團不要違背誓言，要給予 J 一個公平裁決，而不是道德審判，請接受 J 因精神問題影響而犯案，減輕刑責至誤殺罪成。

控辯雙方結案陳詞完畢。接著由Ｓ暫委法官對本案作出總結及引導陪審團。

　　法官先就案件證據、證物、證人供詞作簡單總結，然後再道出適用於本案的法律部分。值得一提的是，法官回應辯方Ｏ大狀的看法，陪審團不應對Ｊ存有偏見，雖然大家可能會同情死者，但法庭並非一個道德審判之地，要按法律基礎及準則去衡量Ｊ的罪行是否成立。

　　法官稱，雖然兩名死者不是同時遇害，但兩項謀殺罪名的裁決應盡量一致，若果陪審員認為Ｊ其中一次犯案時受精神問題影響的話，那麼Ｊ殺害兩名死者也會受同樣的精神問題影響。陪審員應從Ｊ犯案時的判斷能力、自我控制能力等方面作出考慮，衡量Ｊ當時的精神狀態，若果認為Ｊ當時的精神狀態已嚴重受損、失常，其程度影響至不能自控，便可裁定為誤殺罪成。

　　每宗審訊最緊張的關鍵時刻，到底雙屍案的結局如何？會是謀殺？還是減輕刑責的誤殺？在場人士繼續留守法庭，見證重要時刻。

　　2016年11月8日，上午十時，陪審團已斷絕與外界聯繫，開始退庭商議，法庭大堂有數十人在等候結果，大多為傳媒，當中又以外國傳媒為主，另外有數名印尼籍女士在守候。

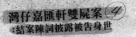
　　陪審團商議五小時後，一致裁定被告 J 謀殺兩名印尼籍女子，罪名成立，法官依例判處終身監禁。

　　案件審結後，J 向高等法院申請對案件提出上訴，但不成功。其後，J 再向終審法院申請案件上訴，最終也被駁回。

FILED
IN COURT

File A ☑   File B ☐

綜援父姦幼女案

- 受害序幕
- 擦身而過的線索
- 相片從何來？
- 手指證物？
- 輪番對質擊破證供
- 十宗罪
- 判罪三元素
- 罪有應得的夢魘

　　六旬綜援父涉嫌四年間多次強姦年幼女兒，並用手機及相機拍下女童陰部相片，被控六項強姦罪及四項製作兒童色情物品罪，案件在高等法院開審。

　　庭上播出女童的錄影會面，女童被安排於警署的家居會面室進行錄影。

　　由於女童審訊時只有八歲，所以在錄影開端，女警員先證明女童是否懂得分辨說真話或說假話，女警員問：「小明喺屋企踢波，打爛咗個花樽，但小明話係狗仔打爛嘅，咁係講真話定講大話吖？」女童表示小明在說謊，證明她能清楚分辨真假話。

　　「爸爸用屙尿嗰度插入我屙尿嗰度，當時媽媽返咗大陸坐監，我喺爸爸屋企，爸爸除咗衫企喺度，爸爸叫我除衫然後擘大腳瞓喺度，同我做核突嘢時就會拎裝有腳架嘅攝影機、相機及手機嚟影低，影完之後亦立即畀我睇返，呢啲事差唔多日日都發生。當時有叫爸爸唔好咁，但爸爸無理會，繼續摸我，摸我去小便嘅地方，然後爸爸用小便嘅地方插入我小便嘅地方。」

　　「有一次，我話好痛，拒絕爸爸嘅時候，爸爸話如果唔畀佢插入我小便嘅地方，就唔畀飯我食，爸爸真係無畀飯我食，亦有打我隻腳。」

　　「之後，我畀爸爸『搞』，爸爸就有畀飯我食。」

「爸爸曾經畀咸書我睇，喺邊日就唔記得，爸爸嗰日亦有將小便嗰度插入我小便嗰度，啲書入面有核突嘢，有無著衫嘅男人同女人。」女童稱雖然不喜歡爸爸，但會與爸爸同床睡覺及蓋同一張被子。

經控方律師主問女童後，進入辯方律師盤問階段。

辯方大狀向女童提出多個問題，欲證明女童平日十分貪玩，例如：爸爸說女兒洗澡時喜歡帶玩具入浴室玩，包括玩具保齡球瓶及跳繩的把手，念幼稚園時又偷取同學的鉛筆及橡皮擦，就讀小學時又兩次偷取同學的手錶，但女童否認。

辯方律師盤問女童時主要圍繞以下三點：

第一，侵犯女童的並不是女童的爸爸，而是爸爸的朋友。
第二，是媽媽教女童說爸爸「搞」她。
第三，質疑女童回答問題時常答「不知道、不記得」。

辯方大狀問女童：「有一次你話畀媽媽聽，爸爸搞你，其實係媽媽同你講，係爸爸搞你。」法官問辯方大狀，其實他的問題應該是：「其實係媽媽教你講，係爸爸搞你？」

法官續說：「你呢啲係咩邏輯呀，連我都唔明，咁一個八歲嘅小朋友點會明呢？法庭唔係含糊其詞之地，你必需要直接明確

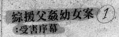
咁問問題！」

　　女童作供完畢後，到一位警員上庭作供，警方找到被告的相機及手提電話內有一百五十六張已刪除的相片，當中包括有女童下體的相片，警員將其相片剪輯過，把性器官部位刪剪掉，原因是要看女童能否認出相中是自己的器官。另外，需保護女童，以免她看到相片時會感到尷尬。

接下來到女童的媽媽 Y 作供，由辯方大狀盤問 Y。

大致內容指由於 Y 是內地人，並非長居於香港，所以當她不在港的時候，女童會交由被告負責照顧。有次房東（女童稱呼其為「爺爺」）看見女童不開心，又經常被爸爸責罵，所以安排女童與 Y 在深圳見面，但爸爸得知後不高興。其後，Y 認識了「爺爺」的女朋友，雖然保持電話聯絡，但 Y 沒有再要求「爺爺」帶女童探望自己。

Y 透露，被告會在行房前閱讀色情刊物，又會用相機拍下性交過程。

自 2013 年 8 月暑假起，Y 沒有再與女童見面。直至 2014 年 3 月 18 日，Y 再次來到香港，繼續照顧女童，她間中會替女童洗澡，但當時沒有留意女童下體是否有異樣，女童亦沒有透露下體不舒服，試過洗澡完畢後，女童在穿短褲時向 Y 說她不舒服，Y 偶爾會看見女童內褲濕濕的，奇怪的是有次女童突然對 Y 說：「爸爸話你用嗰度（陰部）生我出嚟。」

直到 2014 年末，女童曾經對 Y 說：「爸爸摸我！」不過 Y 聽畢後沒有問清楚爸爸摸她哪一處，因為當時 Y 正忙著國內娘家搬遷事宜，又覺得女童年紀尚小，沒想過會發生這件事情。

作供途中，Y 突然在證人台上說：「記者話我勾搭男人，我

唔係勾搭佢錢、唔係勾搭佢其他嘅。」法官聞後即時制止Y：「法庭唔係你想表達咩就咩，你要回答律師嘅問題，就可以協助法庭。」

Y其後又突然提及女鄰居對她說：「見到爸爸摸女童個『奶』（胸部），呢個邊係爸爸㗎呀，自己個女對奶都走去摸！」在場人士聽到後都笑了起來。

辯方大狀立刻替被告辯護：「你唔需要喺法庭講其他人見到嘅嘢，呢樣嘢係唔可以呈堂，因為你無（親眼）見到。我向你指出被告人無摸受害人嘅奶。」Y即時霸氣回答：「咁你夠無見到被告人無摸受害人對奶！」在場人士聽了Y的回答後又再次笑起來。

到了2015年3月10日，當女童第二次向Y說：「爸爸摸我！」Y便立刻叫女童除下褲子看看下體，Y問女童：「爸爸有無用嘢插入去你屙尿嗰度？」女童回答有。

Y稱於報警前沒有向被告提及此事，內心有點不舒服，同時怕被告得悉她會報警後會動手傷害自己生命，之後Y向律師尋求法律意見，又詢問了教會人士意見，教會人士稱可幫忙報警，最後此事於2015年3月18日由學校社工協助報警揭發。

Y否認辯方大狀所指，是她教唆女兒誣告爸爸。Y因被告傷害女兒，所以痛恨被告，最後說：「傷害個女一生一世，細路仔係

無辜㗎嘛！」

　　控方傳召法醫曾醫生作供。曾醫生由 2004 年起駐守新界北區，為法醫科醫生，他曾主理多宗案件法醫檢驗，包括本書另一宗案件：「瀝源女護衞殺夫案」。

　　曾醫生為此案撰寫了兩份專家報告，第一份是女童身體檢驗報告，第二份是對女童性器官相片鑑定報告。

　　報告大致說述，女童八歲時青春期性徵分期屬第二期，即第二性徵尚未發育，通常第二性徵發育年齡為十至十二歲，醫生目測大小陰唇的發展情況，女童未有陰毛生長，屬於性成熟早期，此報告有助識別女童是否相機及手提電話內相片中性器官的擁有人。

　　至於身體檢驗，女童處女膜已增厚，並且出現纖維化（當一個地方受傷，組織就會改變，即所謂的變「韌」），內陰六點及七點位置出現纖維化，內陰三點及九點位置有兩處舊疤痕，是由暴力、抽插、多次插入性損傷，可以由一次或多次性暴力抽插而造成，絕不會是正常性行為而造成，是由手指及陰莖插入所造成，內陰受傷時會流出大量血液。

　　辯方大狀向法醫盤問時，在其中一個範疇中膠著了很久，大狀問法醫：「手腳暴力，點會影響到處女膜受損呢？」

　　法醫於這個問題最少解答了十分鐘，法官開始不耐煩，便協助解釋法醫的意思：「強姦暴力係全套暴力，無可能係身體某器官暴力，而某器官唔暴力㗎嘛。即係依家強姦咁，你手用暴力，對方反抗，咁即係進入唔到，進入唔到咪亂插，咁陰道咪會受傷囉！咁你無可能強姦時隻手暴力而性器官唔暴力㗎嘛⋯⋯」

　　法醫：「我完全就係法官大人所講嘅意思！」

　　庭上播放被告於 2015 年 3 月 19 日在警署的錄影會面，被告在開始錄影時，要求聯絡其胞弟，以尋求區議員協助，警員起初表示要進行錄影會面後方可聯絡，被告再問可否等弟弟來警署後才錄口供，警員回答：「你可以要求律師陪同你錄口供，但細佬同區議員就唔可以陪你錄口供。」其後警員再詢問被告是否需要在錄口供前先聯絡弟弟？被告回答：「咁唔使喇，你問我啦，我答你！」

　　開始錄影會面後，被告的第一句話，是聲嘶力竭地說道：「點解我咁慘……點解我搞到今時今日咁嘅田地……我喺村口食枝煙就俾警察帶咗返嚟，2014 年我未接觸過老婆同個女，係間中夜晚去老婆屋企食餐飯，係老婆叫我去食！2014 年 3 至 4 月起，都係我老婆照顧個女，你哋話我 11 月強姦佢，你會嚟拉我，我好奇怪，亦好突然，點解我會有呢個家呢？」、「我時時都要照顧我八十幾歲有糖尿病嘅老母，我何來有時間接觸佢哋……」

　　被告在香港出生，曾與 Y 離婚後於 2011 年復婚，Y 曾兩次因持雙程證來港期間工作，違反逗留條件而被捕，在港入獄十二星期，出獄後立刻遭返內地，其後兩年不得再踏足香港。2014 年 3 月 Y 取得三個月雙程證來港，審訊時持一年有效期的雙程證來港。

　　2011 年 11 月起，當 Y 被捕或回國內申請雙程證時，便由被告負責照顧女童及年老的母親。被告指自己領取綜援的錢都交給

Y，另外曾經要求社工幫忙找保姆照顧女兒，原因是不想申請綜援過活，想外出工作，但社工說未能協助。

「照顧個女期間，個女就瞓我張床，我自己就瞓尼龍床，衫褲係個女自己洗，佢自己唔洗就無衫著，著臭衫，咁阿女就自己洗，以前我哋六歲就養家幫老豆手咪又係咁，依家佢自己（女童）做到嘅嘢就自己做，讀書又蠢又唔識。」

　　當被問到由警方修復好、於被告的 Nokia 手機記憶卡內的一百二十張兒童色情相片及相機記憶卡內的三十二張兒童色情相片，被告表示：「唔係自己影，唔知邊個影，無睇過，唔知幾時影，唔知係邊個女童，唔知喺邊影，唔知影嚟做乜，無發佈及傳閱過相片……」

　　被告說：「電話係我嘅，但我無用手機影過相，我無用過。」、「部手機係我用，但我有時會放喺屋企。」

　　錄影會面中，警員用電腦播放記憶卡內經修復後的兒童色情相片，被告看相片時相當平靜，似乎淡化了錄影會面初時的霸氣，被告表示：「我對呢啲相片無解釋，唔係我影，我借界人用過（指手機及相機），唔記得借咗界邊個，好似借過界光叔，大陸人嚟嘅，已經搬走咗，唔知我放咗喺屋企邊個攞咗嚟用。」、「我覺得好奇怪，點解我手機會有呢啲相喺度，我想你哋警方幫我查清楚係邊個做。」

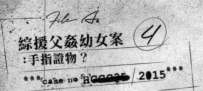

　　播放過被告的錄影會面後，被告選擇出庭自辯，先由辯方大狀主問被告。問題大多圍繞以下數項重點：

　　第一，有其他男士可接觸女童。

　　第二，女童及 Y 為人不誠實。

　　第三，被告的手提電話及相機不是長期隨身攜帶。

　　第四，被告與 Y 的夫妻關係不佳。

　　首先，談到 Y 的為人方面：「2005 年，我同 Y 結婚，去屯門婚姻登記處結婚嗰日，職員問我哋有無曾經結過婚，我先知原來 Y 喺內地曾經結過婚，當時我都係選擇同 Y 註冊，但我會諗點解呢個女人咁㗎，咁講嘢嘅……」

　　「結婚幾日後，Y 叫我去湖南公安局幫佢申請辦理居港單程證，當時先知道原來 Y 與前夫育有一對子女，Y 並要求我協助申請該對子女（非被告親生）來港，我唔同意，最終我只申請 Y 來港，之後我哋經常為此對子女來港問題鬧交。」

　　其後，二人夫妻關係大變，被告說述 Y 的態度變差：「我哋有性行為，但比結婚前少，一個月大約有十次八次，Y 話有戴子宮環，但佢多次話畀我知已經懷孕，經常問我攞錢作為墮胎手術費及生活費，我有質疑 Y 戴咗戴子宮環，何來有孕吖？我叫 Y 出示墮胎嘅醫生證明，Y 無理會，所以我只畀 Y 嘅生活費，拒絕畀墮胎費用。」

到 2006 年農曆大年初八，行房前 Y 對被告講：「想幫你生返個仔！」被告回答：「實係仔㗎咩，唔畀係女呀？我年紀大，只想要個伴，唔想要小朋友。」

　　之後，Y 就懷孕了，「兩個月後，Y 稱自己已懷孕，被國內超生局發現，該局迫 Y 注射墮胎針但墮胎唔成，同年舊曆九月初六，個女就出世，當時我懷疑同有問 Y，個女係唔係我嘅？因為 Y 懷孕唔足九個月，個女就出世，我當時有講要驗 DNA，證實親子關係先會供養個女。Y 曾要求在港分娩，但我拒絕，因 Y 嘅雙程證只有三個月期限，亦未曾喺香港做產前檢查，怕突然衝入醫院分娩會失去三萬幾蚊分娩費。」

　　「個女滿月後，Y 就帶個女嚟香港見我，要我畀家用，當時我畀咗一萬蚊人民幣佢，一星期後 Y 就帶同個女返大陸。」

　　「2007 年 12 月間，Y 要我去香港中環入境處驗 DNA，我有去，一年後先有結果，個女喺大陸驗，我就喺香港驗，證實係我個女，最終一年後批咗單程證畀個女，2008 年 12 月 22 日，個女嚟咗香港，個女由姓羅改為跟我姓。」

　　「同年我同 Y 離婚，因為我同 Y 喺 (Y) 前夫子女嘅問題上有好大爭論，係我提出離婚，之後一、兩個月就簽紙。離婚後，個女由 Y 照顧，除非 Y 唔喺香港，個女就會由我照顧。個女嘅標準生活津貼費，我要支付一半，我無奈要接受，間中畀一千蚊 Y，

我無積蓄，之前已經將所有積蓄畀晒Y，我要照顧自己阿媽，佢接近八十歲，患有糖尿病、高血壓、心臟病。」這個時候，法官突然提醒辯方大狀，於控辯雙方同意事實文件內指出，2009年12月女童才獲批單程證來港，但被告即時否認該證明日期，堅持稱女童來港年份為2008年。

被告繼續說：「當時我雙眼唔好，只可以兼職維修電視，因為收入太差，Y提議我去元朗社會福利署申請綜援，當時只有個女批到綜援，我嘅申請被拒絕，原因係話我唔係完整家庭。」

「2011年12月，Y持雙程證在港工作被捕，需監禁十二個星期。當時個女就讀幼稚園高班，我要照顧個女，每朝早六點四十五分就起身，煮早餐畀佢食，佢自己刷牙洗臉換衫，（被告）踩單車接送佢返學，湊咗佢返學後，我會買餸……中午十二點放學，煮中午飯畀佢食，食飽佢做功課，我坐喺度睇住佢做功課，每日下午四點個女會自己沖涼，無睇過個女沖涼，無教過佢點沖涼，沖涼無熱水，要用另一個煲，煲熱水倒入冷水盤度，調較好水溫佢就自己沖，我喺廚房煮飯，佢最少沖半個鐘，我經常見佢帶好多玩具入浴室玩，有膠保齡球樽、膠波仔、車仔、跳繩棒，每日五點至五點二十分就食飯，六點鬆啲個女未做完功課就繼續做，做完佢就瞓覺，我就去照顧我媽媽，幫阿媽做家務，有時好夜先返去瞓覺。」

其後辯方大狀問被告有關鄭叔叔及楊叔叔的問題，被告稱：

「佢哋係包租公嘅朋友，喺同村租地方住，持兩星期旅遊證件來
港，包租公無地方租畀佢哋住，我就借間房畀佢哋住，因 Y 當時
喺大陸，所以屋企多出一間房。有時我阿媽唔係好掂（身體不適）
或有時我去天水圍買嘢、出去飲宴或協助自己圍村人辦喜慶的話，
會同佢哋（鄭和楊）講幫幫手睇住我個女，都好頻密，一年有好
多時間都係，平均一個月都有一兩次，日頭又有夜晚又有，朝早
七八點到夜晚六點鐘左右，有時過夜或半夜都會幫手㗎！」

辯方大狀續問：「圍村辦喜事點解需要過夜？」
被告回答：「無人睇就會獨留個女喺屋企，我有鎖匙同手機畀個女，
等佢有得用，開門出入，如果有咩唔舒服就打畀我，會拎藥同麵
包畀佢，因為農場好熱同好遠（兩屋相距四至五分鐘路程），由一
間屋去另一間屋條泥路夜晚好多蛇，有時個女與兩個叔叔會瞓喺
同一間屋，唔同床都無所謂嘅。」

「到咗 2012 年，Y 同前夫所生嘅仔，大約十七至十八歲，有時會
嚟香港，每次三個月，但 Y 唔係每次都會陪個仔嚟香港，Y 個仔
有照顧過我個女，會同我個女睇電視同瞓覺，有時候又會喺屋外
面玩（幾萬呎農地）。」

　　同年，被告與女兒關係平平，但被告憶述女兒對他態度很差：
「我教個女讀書嗰陣會打佢，會體罰，會用書或手打個女臉側、手、
大髀及腳，力度一般，教佢讀書會打，幾乎每日都有打，佢唔會
叫我『老豆』，淨係叫我『喂』，有時遲咗煮好飯，個女就會催命

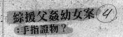
咁問我食得未。」

「幼稚園嗰陣，接個女放學，老師講個女做功課做得好差，擦多過寫，攞咗人地擦膠又唔畀返人哋，老師問起就乜都唔認，偷人鉛筆擦膠唔認，最後喺書包搜出嚟先認，我返到屋企會鬧佢同掌摑佢，打同鬧都屬於教。到咗小學一、二年班，有個同學上堂玩手錶俾老師沒收咗，放咗喺教師枱個櫃筒，個女就偷咗同學隻錶，又唔認，又係喺書包搜到，當時俾老師寫手冊通知家長，我又鬧又打，最後我都有買新手錶畀佢。」

「又係 2012 年，Y 出獄時有打電話畀我，叫我帶個女去深圳，至凌晨我話要返香港，因為個女第二日要返學，個女唔肯跟我返香港，Y 好寵個女，所以帶咗個女返湖南，而我自己就一個人返香港，三星期後 Y 帶個女返香港，當時我知 Y 來港證件未獲批，就問 Y 點解可以落嚟香港？Y 話同人哋互換咗本通行證，呃公安局。」

對於警方所修復好，存放在被告手機及相機記憶卡內的兒童色情相片，被告續指與其本人無關：「我從來無用手機影相，唔鍾意影相，電話係通訊用途，搜出嘅相機都唔係最先買嗰部，我借過畀好多人用，有陳、楊、光、林、鄭先生，當時鄭先生用部機（用到）舊晒，就賠錢畀我，我買過部新機，我相機借畀人用好多次，但自己就無用過。」

　　談到在被告寓所搜出的色情刊物，被告就指：「啲色情刊物，係妹夫做嘢留低，Ｙ亦當垃圾咁執返嚟屋企，有次個女將啲咸書同功課夾埋一齊帶過我屋企，又見個女睇過啲咸書幾次，我就鬧咗個女一餐，同個女講聽日拿拿聲扰咗啲咸書佢，你咁細個睇啲咁嘅嘢，讀書唔見你咁勤，正一食屎厠米！」、「當時我有話畀Ｙ知，我話要教訓佢（女童）㗎喝，唔恰當喝睇埋啲咁嘅嘢……但Ｙ敷衍了事，於是就將幾本咸書放咗入櫃筒。」

　　其後，辯方大狀提問被告有關兒童色情相片的問題，其中一張相片衍生了另一個問題：

　　相片上顯示一個兒童性器官並有兩隻成人手指在旁，被告否認自己是拍攝者，並理直氣壯地說：「相裡面嘅手指唔係我嚟嘅，（舉高雙手）我可以畀陪審團睇下我手指，我手指無白色嗰條邊㗎。」

　　被告一句「我手指無白色嗰條邊」，產生另一句令全場人士都笑了的說話，因為辯方大狀問了很多次：「手指白色嗰條邊即係邊度？」被告解釋了很多次，辯方大狀仍繼續問相同問題，法官大人感到不耐煩，便協助大狀，法官說：「其實全部人都明白、陪審團都明白、鄭大律師（控方）都明白、係梁大律師（辯方）你唔明白，被告所指嘅咪係手指甲上個半月囉！」

　　由於經雙方大狀目測後表示，被告在審訊時的手指同相片上

所顯示的手指的確有別，但法官與兩位大狀討論，若果准許被告直接將雙手展示給陪審團看，會產生以下三個問題：

第一，會令女陪審員感到有壓力及尷尬。

第二，將雙手供陪審團查看是缺乏一個法庭記錄。

第三，各人的觀察會有所不同。

於是三人商討出由雙方大狀在同意案情中加註一項，說明現時被告手指狀況，使其成為一個清晰的法庭記錄。

法庭遊蹤
Court Diary

來到審訊的第七天，控方大狀盤問被告，絕對是案件審訊以來最精彩、最值得觀看的一庭。首先控方大狀問被告少許背景資料，例如：工作履歷、與 Y 的相識、一般婚姻及性生活情況等。

接著控方大狀開始舉證，證明被告的證供很多地方前言不對後語。

大狀：「噚日你好肯定咁話你個女 2008 年獲批單程證嚟香港，但我哋有樣證物，係一封信件，由中國省公安局所發出嘅，內容係證明女兒獲批前往香港定居，正式喺中國大陸注銷女兒戶籍，信上面顯示嘅日期為 2009 年 12 月 16 日，有呢張通知書先可以嚟香港攞通行證喎，你又話無見過呢封信，你有咩解釋？」

被告：「可能我記錯日子。」

大狀：「2007 年，你同 Y 離婚，你每個月要畀個女標準生活津貼費嘅一半，即係一千蚊，之後個女申請到來港定居，你就用自己名義，同個女一齊申請綜援，最後得個女批到綜援，你就話社署話你唔係完整家庭，所以唔批畀你，其實單身都可以申請綜援啦，點解你要復婚再申請呢？係咪因為社署講你家庭唔完整，所以你同 Y 復婚，目的係想申請到綜援同攞到多啲綜援金吖？」

聽到問題後，被告回答了其他無關痛癢的事，打算轉移注意力，但大狀立刻提醒被告要正面回答問題。之後被告無奈地承認，

並補充道：「個女同我嘅綜援金，政府係入落我個戶口，連埋租金津貼，個女批到四至五千蚊，我全部畀晒 Y。」

大狀：「當 Y 被判監或返回國內，你就會照顧個女，你話媽媽住 A 屋，喺錄影會面中，你當時係話個女平時星期六、日都會喺 A 屋，嫲嫲會幫手照顧。但噚日你又喺庭上面宣誓作供話你媽媽唔鍾意你個女，叫你唔好帶個女去 A 屋，平時喺農場嗰邊食飽飯，你就會同個女返去 B 屋，兩間屋路程相隔一分鐘，之後就會去 A 屋幫你媽媽做家務，又照顧媽媽，所以你就獨自留個女喺 B 屋，即使當時鄭叔叔喺 B 屋暫住期間，你都會留低個女……其實你要教女，點解唔帶埋佢返嫲嫲屋企，又可以教佢做家務，又可以幫輕下你，你話你媽媽唔鍾意你個女，點解咁得意？老人家有個孫女陪下佢都唔鍾意？你乜都賴落你阿媽度，你咁講嘅目的其實係要堆砌點解要帶個女去 B 屋，個女獨自留喺 B 屋，會接觸到其他男性。」

被告：「我無講大話，呢啲都係我真心話，我阿媽同我個女好似水溝油咁……」

　　然後，大狀就兒童色情相片作出盤問，更精彩內容由此起。

大狀：「被告你打開相片冊嘅 A 相，相片上係一個女童樣貌，呢個係咪你個女？」

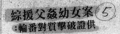

被告不斷翻動相片冊，疑惑地左望右望。

法官：「被告你望住 A 相片先啦，唔使睇其他相片！」

被告：「我睇下個樣係咪唔多似。」

大狀：「嗰個係咪你個女你都唔認得呀？」

最後被告承認相片中的女童是女兒。

大狀：「睇下相片 B，相片中有一隻小童手扰住自己件上衣，露出陰部，呢個係唔係你個女？」

被告：「我唔知呢啲相係唔係我個女。」

大狀：「再睇下 C、D、E 三張相上面有兩隻手指用力擘開陰部，呢三張就係你噚日話唔係你隻手指嘅相，我哋好明顯睇到唔係你嘅手指，因為係小朋友嘅手指嚟呀嘛，憑呢啲性器官嘅相，你接唔接受係你個女嚟？」

被告：「接受。」

大狀：「F、G、H，相片中顯示一名成熟男性性器官插入女童陰部，呢啲相係有力證明女童被強姦。」

被告：「哦！」

大狀：「再睇相片 I、J、K，相片顯示女童嘅會陰部位瘀晒，受

過性暴力對待，你同唔同意？」

被告：「同意。」

大狀：「再睇相片Ｌ、Ｍ、Ｎ，相片顯示女童嘅陰蒂同陰道仲有血漬。」

被告：「係。」

大狀：「再睇相片Ｏ、Ｐ，係咪都係與相片Ｌ、Ｍ、Ｎ有相同血漬？」

被告：「請問邊度有血漬？」

大狀：「瘀紅色嗰啲咪係血漬囉！」

被告：「哦？呢啲係血漬嚟㗎？」

大狀：「相片Ｌ、Ｍ唔單只有血漬，仲有米白色同黏性液體，呢啲係唔係精液？」

被告：「唔知。」

大狀：「啲相係你影？」

被告：「唔係我呀！」

大狀：「你強姦個女，個女下體流血，你就用紙巾抹咗啲血，畀返個女睇，仲影埋相，你話個手機畀咗你個女用，你個女自己點會影到呢啲相？」

被告：「我點知邊個影呀！」

大狀：「相片 Q，顯示女童全身赤裸，舉起雙腳，露出陰部，即使你交低手機同鎖匙畀你個女，你點解釋有呢啲相？」

被告：「我唔識解，唔知有無其他人入過屋企，係乜嘢人我唔知。」

大狀追問：「咩情況之下，會有人入到 B 屋，攞埋你收埋咗嘅相機，喺床上面影你個女？」

被告：「我個女識咁多人，唔知有無帶農場做嘢嘅內地人入屋喍嘛……」

大狀：「咁你認為個女會同意農場啲人影佢呢啲相呀？」

被告：「我唔知會唔會有呢個情況。」

大狀：「你睇下你屋企嘅相片，出面有鐵閘，入到去仲有道鐵門，有個啡紅色嘅鎖，有橫閂，之後仲有內門……幾重門，幾重鎖，咁都有其他人入到你屋企？」

被告：「橫閂我同個女都唔用喍。」

被告突然激動地說：「你話嗰啲相，唔係我嘅陰莖嚟，陰毛都唔係我嗰啲，呢啲毛咁黑，我啲陰毛邊有咁黑呀，你點解話係我做？相機同手機係我嘅，都唔代表係我做……」庭內人士聽到被告的言論後就傳出一陣笑聲。

　　之後大狀向被告提及到涉案相機，劇情更有趣味性。

大狀：「被告，警方同你做錄影會面嗰陣，你話鄭叔叔整爛咗你部相機，又唔記得張記憶卡係咪自己放入新相機裡面，又話自己得 1-2GB 嘅記憶卡，然後警方提到相機嘅腳架，你話係鄭叔叔買返部新相機畀你嗰陣送嘅，佢將腳架連相機一齊畀你。但係你噚日喺庭上面話，鄭叔叔係賠錢畀你㗎喎，部新相機係你自己買㗎喎……」

被告：「鄭叔叔賠咗六千蚊畀我，我買咗部四千蚊嘅相機，我話找錢畀佢，佢話唔使，當時警察拘捕我嗰陣，我好亂，我唔清晰，可能我講錯咗。」

大狀：「你唔係亂呀！你俾人拉嗰陣仲好淡定，你話要搵你細佬㗎喎，又話要等細佬搵區議員嚟睇你錄口供㗎喎……」

大狀：「被告，你喺庭上話新舊兩部相機都好少用，又有借過畀農場嘅內地人用，張 4GB 記憶卡係你放入相機裡面，係咪？」
被告：「係，我借過畀陳、楊、光、林、鄭先生用，陳先生即係包租公，個女稱呼佢做『爺爺』嗰個。」

大狀立刻風趣地回答：「陳、李、張、黃、何都俾你講晒喇喎，依家仲多咗個林叔叔喺，你話你借過畀陳生？陳生盲㗎喎……」

　　此時庭內又傳來一陣笑聲。

大狀繼續說：「你都唔影相，唔用部相機，人哋點知你有部相機呀？你話借畀農場嘅人用，頭先問你同佢哋熟唔熟，你又話有傾計但又唔算得上係朋友，你俾人整爛過部相機一次，你仲專登買部新嘅嚟借畀人用？佢哋嚟旅遊㗎咋喎⋯⋯其實我向你指出，所有叔叔都係你虛構出嚟，目的係同涉案相機割離關係⋯⋯」

被告：「我個女同農場嗰班人有啲咩我都唔知道⋯⋯」

大狀：「你咁講意思係咪即係話，你個女自己招惹啲男人對佢做呢啲事呀？」

被告：「我解釋唔到，你咁講都係想將呢件事推晒喺我身上！」

大狀：「我唔係推向你身上，我係向你指出。」

被告：「我唔明點解你係都話係我做，相裡面個陰部都唔係我嚟。」

大狀即時秒殺被告：「我對你陰部無興趣！！！」

　　這段精彩對話使法庭內再度傳來笑聲。

大狀續問：「被告，噚日所講嘅色情刊物，你鬧個女，叫佢聽日拿拿聲扰咗佢，其實你自己扰都得啦，點解你唔掉咗佢，仲要放入櫃筒裡面？」

被告：「當時三更半夜扰出去會俾人鬧，我叫個女扰咗佢，佢無扰，仲放到成屋企都係，我打掃嗰陣唔知扰去邊度好，所以扰咗入櫃筒，你話畀我知扰去邊度好？」

大狀:「你六十幾歲人,連幾本色情雜誌都唔知扰去邊好,你仲問返我?」

被告咆哮:「你依家乜都推喺我身上,我個女俾人陷害我好心痛。」

大狀:「我唔係推,我係指控你……你話你心痛個女,但當你做錄影會面嗰陣,警方向你播放個女被性侵嘅相,你又咁平靜?」

　　被告沒有回答,接著大狀就一張女童生日會時所拍下的相片向被告盤問。

大狀:「2013年,你買咗個栗子蛋糕,同個女搞生日盛宴,你話好多農場嘅人嚟同個女慶祝,你話張相唔係你影,你依家再睇下張相,當時蛋糕上嘅蠟燭係點著咗㗎,一個咁重要嘅時刻你又話唔在場,而呢張相喺你手機度搵到,你又話唔知邊個攞咗你手機幫個女影,而你個女喺庭上視像作供嗰陣親口同我哋講,張相係你幫佢影嘅……」

被告:「我認為生日唔重要,我自己生日都無慶祝過,個女陷害我。」

大狀:「點解個女要陷害你?」

被告:「我點知佢兩母女呀……呢單案有兩個受害者,係我同我個女。」

大狀:「我話畀你知,呢單案只得一個受害者,就係你個女,你

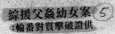

認為生日唔重要，咁個女都唔係好重要啫，所以你當日就買蛋糕
氹佢，然後返到 B 屋就再強姦佢⋯⋯我再向你指出，你手機同相
機嘅所有相，除咗生日會呢一張，其他相片全部係你刪除晒，係
警方用電腦科技修復返啲相，你刪除晒啲相係因為你心虛，驚人
知道你對個女做呢啲污糟事！法官大人我無其他問題！」

被告這刻完全嚇呆了。

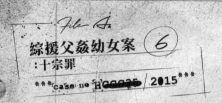

經過八天審訊，到了控辯雙方結案陳詞，氣氛比較嚴肅，是時候組織及總結控辯雙方的論點。

首先由控方大狀讀出結案陳詞，十分有條理，把每一項控罪、舉證基礎、理據都說述得井井有條，容易令人明白。

被告總共被控十項控罪，分別為六項強姦罪及四項製造兒童色情物品罪。陪審團可根據多項證據例如：控辯雙方同意事實、受害女童口供、證人口供、法醫報告、錄影會面等判斷被告有罪與否，而這十項控罪必需分開考慮是否成立。

舉證責任在於控方，被告不需要證明自己無罪，陪審團若滿意控方的舉證理據達致定罪標準，並肯定毫無疑點，便可裁定被告罪名成立。

本案件的舉證主要依賴女童證供及兒童色情相片，以下會說述出每條控罪的基礎及直接證據等資料。

【控罪一】

強姦，被告於 2011 年 11 月 1 日至 2012 年 9 月 6 日期間內的某一天，在香港第一次強姦女童。

控罪日期的距離為何會這麼闊呢？原因是女童的口供內，雖然不能說出被告是哪一天強姦她，但在錄影會面中，女警不斷協

助女童以喚醒她的記憶，讓她可以透露多點資料，例如女警會問女童：「嗰陣係咪幼稚院高班呀？係咪發生咗呢件事，就升小一喇？」女童答：「係呀，即係五歲幾嗰陣囉。」從上述對話中便可以合理推斷女童第一次被強姦，就是在五歲半到六歲之間，即是 2011 年 11 月 1 日至 2012 年 9 月 6 日期間內的某一天。

舉證基礎是女童說：「媽媽唔喺香港就同老豆瞓囉，即係 B 屋，老豆『搞』我，用男仔小便嗰度（圓磙磙、有黑色毛）插入我小便嘅地方，插晒入去囉，跟住老豆就推前推後，有時又會用手指插，維持半個鐘至一個鐘，期間老豆企喺度同唔會停，有時又叫我郁下囉，我話好痛，叫佢唔好搞，佢又唔理我……」

由此可見，女童雖然沒有說出被告是用陽具插她的陰部，但女童所說的人物、地方及被侵犯的過程都十分清晰，另有法醫報告舉證支持，所以可證明女童的證供是準確的。

【控罪二及三】
兩項控罪均由是同一次事件而衍生出來。

第二條控罪，被告於 2012 年 9 月 3 日至 2014 年 9 月 1 日期間內的某一天，強姦女童（不包含控罪一）。

第三條控罪，被告於 2012 年 9 月 3 日至 2014 年 9 月 1 日期間，其中的某一天，用相機拍下不足八歲兒童色情靜態相片（與

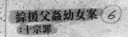
第二控罪於同一情況下干犯）。

　　控罪日期的推斷是根據女童口供，就讀小學一至二年級時發生，控辯雙方同意事實列出，女童升讀小一日期為 2012 年 9 月 3 日，升讀小三日期為 2014 年 9 月 1 日前，由此縮窄控罪日期。

　　實證為相機內的兒童色情相片。舉證基礎是女童證供，女童看畢一張有自己身體的相片後道：「夜晚，老豆用裝有腳架嘅相機，整好部機之後就叫我除衫上床，跟住老豆撳咗相機掣，就同我講話搞囉，老豆用相機影咗我一次，係得呢次，之前第一次搞我嗰陣無影相。」

　　由於女童説出這張相片拍攝時曾被爸爸性侵，所以基於控罪三而產生控罪二。

　　由此可知，相片顯示赤裸女童、家中擺設、女童陰部及男性陰莖插入女童陰部，都支持了女童的描述，雖然警方用法證軟件修復已經刪除的相片，但顯示不到確實拍照日期，不過由於是次控罪的檢控基礎是依賴女童的證供而定，所以相片的拍攝日期並不受影響。

【控罪四及五】

　　第四條控罪，被告於 2012 年 9 月 3 日至 2014 年 9 月 1 日期間內某一天，用手提電話拍下不足八歲兒童色情靜態相片。

第五條控罪，被告於 2012 年 9 月 3 日至 2014 年 9 月 1 日期間內某一天，用手提電話拍下不足八歲兒童色情靜態相片（不包含控罪四）。

控罪日期與控罪二、三屬同一推斷。實證為手提電話內的兒童色情相片。

舉證基礎是女童的證供：「爸爸用手提電話影咗我兩至三次，唔會同時用手機及相機一齊影我，個手提電話係爸爸嘅，次次影咗就畀返我睇，然後就刪除啲相，因為爸爸話唔想俾人知。」

由此可見，被告用手機拍下女童相片兩至三次，但只選出當中兩次，同樣地相片日期並不重要，而是依賴女童的證供提出檢控。

【控罪六】
強姦，被告約於 2013 年 9 月 6 日，強姦女童。

控罪日期推斷是基於一張女童在二年級生日切蛋糕時的相片，女童不能說出確實日期，由女警協助女童下在相中看見到一個粉紅色憤怒鳥書包，女童便記得這個書包是在二年級時用，因為一年級時是用黑色書包，因為破爛所以掉了，而女童生日為 9 月 6 日，所以推斷控罪日期為約 2013 年 9 月 6 日。

舉證基礎是女童證供：「嗰日吹完蠟燭，食完蛋糕之後，將食剩嘅蛋糕放入雪櫃，然後老豆帶我返去 B 屋，用小便嗰度插入我小便嗰度，次次都喺 B 屋，呢次無影相。」故此，起訴被告強姦女童。

【控罪七及八】

第七條控罪，被告於 2011 年 11 月 1 日至 2014 年 10 月 30 日期間內某一天，強姦女童（不包含控罪一、二及六）。

第八條控罪，被告於 2011 年 11 月 1 日至 2014 年 10 月 30 日期間內某一天，拍下不足八歲兒童色情靜態相片（不包含控罪一、二、六及七）。

控罪日期推斷，是 Y 不在香港的期間，女童雖然不能說出正確日期，但女童稱是第一次強姦至最後一次強姦之間發生。

舉證基礎為女童證供，女警將遮蓋了性器官的相片給女童看，女童看到相片後表示：「張相係我，著住粉紅色同藍色嘅長袖衫，依家件衫仲喺屋企，我可以同警察返屋企搵呢件衫，嗰陣我喺 B 屋，瞓喺床度，老豆企喺度整我，佢無著褲，睇呢張相就記得老豆有用小便嗰度插入我小便嗰度，我唔知當時俾老豆影相，我無見過呢張相。」

由於女童看到這張相片便能記得當時有被爸爸性侵，所以基於控罪八而產生控罪七。

【控罪九】

強姦，被告於 2011 年 11 月 1 日至 2014 年 10 月 30 日期間內的某一天，強姦女童（不包含控罪一、二、六及七）。

控罪日期推斷，同樣是 Y 不在香港的期間，女童雖然不能說出正確日期，但她稱是第一次強姦至最後一次強姦之間發生。

舉證基礎為女童證供：「爸爸界咗一次咸書我睇，睇咸書之前，爸爸整我，有將佢小便嗰度插入我小便嗰度，之後我無著衫，爸爸就界咸書我睇，書入面有突核嘢，入面有男女無著衫……」

由於女童能說出看色情刊物前被爸爸性侵，所以控被告強姦。

【控罪十】

強姦，被告於 2014 年 10 月 29 日，強姦女童（不包含控罪一、二、六、七及九）。

控罪日期推斷為女童證供，於舉證基礎內說明。

舉證基礎為女童證供：「即係我阿媽返去大陸搞證件之後，爸爸知道阿媽聽日就返嚟香港，就搞我，呢次係最後一次，跟住第二日我阿媽就返咗嚟，佢返嚟之後就無返大陸，淨係有返深圳，次次都有同我一齊，爸爸就無再搞我。」

　　由於女童能清楚說出，是 Y 回來香港前一天被爸爸性侵，根據入境處出入境記錄，Y 於 2014 年 10 月 30 日回來香港，其後往返深圳也有與女童同行，所以控被告於 10 月 29 日強姦女童。

　　總結十項控罪後，大狀說了一些結論：「相片證明女童無講大話，相片日期唔係用嚟肯定個犯罪日期，我哋主要依賴女童嘅口供做根基……我哋可以睇到被告人由自辯嘅第一日起，就用大篇幅證供，說明自己唔涉及控罪有關嘅事……一個五歲嘅細路女，無辜嘅，睇下佢做錄影會面時，瘦削同深受創傷嗰個樣，係唔會同人串謀做一齣戲，去誣告個老豆同冤枉個老豆……相反，被告作供，作為老豆，不停攻擊同抹黑個女，話個女品格差，又話老師投訴女童偷鉛筆擦膠，又偷同學隻錶，仲鬧個女『食屎屙米』，你點睇個女？點對個女？不停攻擊個女嚟掩飾自己做傷天害理嘅事，唔敢面對自己做過嘅錯事……」

　　看完控方大狀狠狠的結案陳詞，再看看辯方大狀陳詞。

大狀：「被告選擇出嚟作供自辯，其實係想話界大家聽佢係無辜嘅，被告話呢單案係『啞仔食黃蓮，有苦自己知』嘅案件，被告話佢無做過呢件事，唔知點解會發生咗，佢講晒界大家聽可能對佢有絲毫幫助嘅口供，所以話係咪有陌生人跟住女童返屋企但女童唔知……」

「被告話相信兒童色情照入面嘅就係女童，但大家唔好當係被告

做。」

「大家可能會諗，唔係你做仲有邊個做？大家唔好咁諗，因為舉證責任喺控方度。」

「被告講唔到畀大家聽邊個做，唔代表係被告做。」

「被告人想講，女童喺度講大話，其實唔需要好大嘅大話，既然相片指出女童同人有發生性行為，女童只需要講係爸爸做就 OK，係 Y 教唆個女。」

「大家又可能會諗，你照顧女童，個女發生呢啲事你都唔知？你唔好扮啦！其實係你做……但依家講畀大家知呢個諗法唔正確。」

「手機同相機嘅相被刪除晒，大家可能又會諗，你個相機有相你會唔知？你無可能唔知……唔係你影係邊個影？個解釋就係……因為刪除咗，被告唔發覺有相係好正常！」

法官開始為案件總結及引導陪審團。

法官說出幾項重要事項，法官職責是解釋及提供本案適用的法律，陪審團必須根據這些法律指引去作出適合的裁決。

接著，陪審團可根據法官所總結的本案重點，決定接納或不接納相關證供，分辨誰在說真話及誰在說假話。法官亦表明，他在為案件總結途中，可能會不自覺地說出了個人對本案證供的看法，但這些意見均無約束力，陪審員應該自行想清楚案情、證供及證據去判決被告是否有罪。

法官又提到被告一日未被定罪，一日都是無罪的，舉證責任在於控方，舉證標準及程度要肯定證明被告干犯有關控罪，即毫無合理疑點下，才可以判決罪名成立，若果證據、證供中有任何合理疑點，那疑點利益便會歸於被告，那就應該判決被告罪名不成立。

陪審團可根據以下三項元素以協助判定被告罪名成立與否。

第一，證人口供。

陪審員可以考慮出庭人仕的供詞，證人包括有：女童、警員518xx，女警77xx，女童的媽媽Y，法醫曾醫生及警員51xx。陪審團應該考慮證人作供的可信性及真確性，要觀察各人作供時的神態舉止，有些人會口若懸河、能言善辯，作供便可能不可信，

相反，有些證人教育水平低，說話又不流利，其實他在說真話，又或者有些證人可能不記得一些證供或混淆某些證供，有可能是案發日期距離現在已經相隔很遠，所以不記得都是合情理。而證供可信一部分，不信一部分，若果有這個情況，陪審團就要更加考慮這個證人作供的真確性，並以呈堂證物作輔助，便可看出被告作供的可信性。

第二，呈堂證物。

陪審員可依據呈堂證物來判斷被告是否有干犯所指罪行。證物包括有：Nokia 手提電話、手機 SIM 卡、2GB 電話記憶卡、Nikon 相機、4GB 相機記憶卡、十六本色情雜誌、相機腳架、十六張由警方所拍攝的家居擺設相片、從電話中修復的一百二十一張兒童色情靜態相片、相機內所修復的三十五張兒童色情靜態相片、法醫所拍攝的女童身體相片、兩份法醫報告、被告錄影會面光碟及謄本、寓所間格草圖、女童及 Y 的出入境記錄、女童獲批准來港定居文件。

第三，控辯雙方同意事實。

這份文件等如雙方均承認的案情，內容是不具任何爭議的，文件中所列出的東西，陪審團可以毫無疑惑去相信。例如：女童出生年月日、就讀班別、何時來港生活、警方如何檢取證物、涉案兒童色情靜態相片是依靠甚麼科技來修復、相片建立日期、證物並沒有受非法干預、被告沒有刑事記錄等。

法官指出，法庭以外聽到及看到的任何有關本案資訊並不是證據，陪審團不應該考慮。同時法官亦提醒陪審員，Y 在作供時提及女童曾向自己投訴爸爸摸她，以上這句話，陪審團是不應該考慮，因為這句證供並不是由女童自己在法庭上說出，而是由 Y 轉述。

證人作供時，大律師向他們指出的論點，應不應該列入證供考慮之列呢？若果大律師向證人指出的論點，證人不同意的話，所指出的論點便不是證供。除非證人同意該項指出，才可以納入證供之內。

之後，法官提到「推論」，意思是憑基本事實，推斷出合理及合邏輯的推論，必定要是唯一合理推論，例如：「兩個人入去餐廳食嘢，叫咗好多嘢食，突然間其中一個人電話響，出咗餐廳外面接電話，講完電話返入餐廳時見到枱上面嘅食物已經食咗一半，朋友仲用手巾抹緊嘴，所以合理嘅推論就係朋友食咗啲食物。陪審團可以憑證供證據，考慮一下有無唯一合理推論呢個情況。」

法官表明陪審團應該要獨立地處理十項控罪，猶如處理十宗案件，這宗案件的關鍵點只有一個，就是受害人供詞的可信性，陪審團處理案件時，不應存有偏見，亦不要意氣用事，不應該同情某些人而對其他人不公平，這場不是道德審判，必需要冷靜及持平。

法官說出案情及各人作供的重點，最重要為以下兩點：

　　第一，毫無爭議的是被告手機內，被刪除的相片是色情兒童相片，對於這點，被告是無爭議的。但被告又說這些相片不是由他拍攝的，亦不知道有這些相片。

　　第二，刪除相片這點，套入女童的證供內，女童說有被拍照及性侵，爸爸拍照後會給女童看，然後刪除所有相片，所以要考慮被告有沒有干犯所指的罪行應該不難。

　　法官又提到，被告在作供時說述女童就讀小學一、二年班時，曾經偷取同學的手錶而被老師寫手冊通知家長，而辯方律師在盤問女童的時候，又有問到偷手錶問題，但法官向陪審團指出案件中並沒有女童手冊這項證據。

　　最後法官說出女童、Y 及被告作供的重點，並再次提醒陪審團，證人作供的可信性，法官再用強硬句子結尾，可謂字字鏗鏘：「大家要小心考慮一下女童、Y 及被告嘅口供，呢啲供詞究竟係咪削足適履、欲蓋彌彰、自圓其說、口若懸河呢……」

　　陪審團退庭商議後，一致裁定被告十項控罪全部罪名成立。被告在聽判決結果期間，神情非常憤怒，不斷深呼吸，十分緊張。

獸父姦幼女案，人人都咬牙切齒，要用人神共憤來形容，雖然法律為女童討回些微公道，但被自己最親密、最信任的爸爸強姦，身心絕對要承受永不磨滅的痕跡。到底案件最後，曾預言會考慮判被告終身監禁的法官，究竟會如何判刑呢？

高等法院第十庭迫滿了人，有記者、被告大約五至六個親戚、公眾人士、負責調查這宗案件的大約十名警務人員等。

最難忘是有一位老伯伯，他原本很有禮貌，但看見被告被懲教員帶到犯人欄那刻，老伯伯便破口大罵：「你個正一禽獸，自己個女都搞，X你老母……X你老母臭X！」法庭書記立即走到伯伯身邊，請他離開法庭，因為法庭不容許伯伯在此大聲說話，書記亦請在場懲教員協助，又揚言會請執達吏帶伯伯離開法庭，最後書記給伯伯一次機會，讓伯伯坐下來聽案件判刑。

開庭後法官神情很嚴肅，先由辯方大狀作求情及提供案例。

大狀說：「因為被告同個女會分開生活唔會再見面，所以重犯機會唔大……而且無為女兒帶嚟疾病如尿道炎……睇返案例，之前重判嘅案例都係因為被告人唔認識受害人……所以被告對社會無乜威脅性。」

法官說：「咁你意思即係話強姦自己個女，比喺街度搵個女仔嚟強姦嘅嚴重性為輕呀？」

大狀立刻説：「我絕對唔係咁嘅意思！」

突然，老伯伯舉手説：「法官大人我有嘢講！」法官回答：「你無嘢講，你行出去，你滋擾法庭聆訊，你行出去……我唔知你係屬於乜嘢人，但聆訊期間不得擾亂，請你出去外面，如果你要繼續喺度聽，唔准講嘢，明唔明白？」

老伯伯沒有任何回應後法官用強硬語氣再問：「明唔明白呀？」老伯伯回答明白後法官説：「你唔准再出聲呀吓，你再出聲我就請你出去！」

法官讀出判詞，我很欣賞他的演講技巧，大致內容如下：

「西格蒙特弗洛伊德 Sigmund Freud（著名心理學家）講過，『我認為一個人嘅孩提時期，無乜嘢需要比父親嘅保護來得更強烈。』英文係：『I cannot think of any need in childhood as strong as the need for a father's protection.』」

「被告，你不但無好好盡自己嘅責任保護個女，相反，你由個女五歲開始，就向佢伸出魔爪……直至到佢八歲為止，此外，你仲有幾次用相機同手機影個女裸體，亦都試過畀個女睇色情雜誌，呢啲淫猥嘅相片，你畀個女睇完之後就刪除咗，話驚俾人知，係事後警方用流動法證軟件，先至可以修復返呢啲相片作為呈堂證供……」

「你一共被控六項強姦罪，四項製作兒童色情物品罪，你……否認控罪，陪審團一致裁定你十項控罪罪名成立。呢啲事件發生嘅時候，你太太因為持雙程證嚟香港照顧個女，但係因為執鐵皮幫補家計，違反逗留條件，被判入獄後、被遣返內地，你係喺獨力照顧個女嘅時候干犯咗呢啲罪行。」

「你個女作供嘅時候講過，佢試過拒絕，但係你試過唔畀飯佢食、試過打佢，佢只好就範，亦都有證供顯示，你喺佢七歲生日嘅時候買咗個蛋糕嚟氹佢，氹完佢之後又再強姦佢……」法官惋惜地道。

「雖然你個女作供嘅時候講過，呢幾年被強姦超過一百次，但係由於你只係被控十項控罪，所以量刑亦都只係按十項控罪作為基礎……」

「喺本案，需要考慮嘅量刑原則如下：第一，懲罰，要恰當反映被告嘅刑責，以及道德罪責。第二，遣責，以反映公眾對有關罪行嘅非難（意思：指摘和責問）。第三，阻嚇，針對對兒童濫用權力或威信嘅人，同時對有啲可能重犯嘅被告起阻嚇作用。第四，犯案者嘅更生，不過本案情節嚴重如此的話，犯案者個人更生嘅重要性遠不如上述三項嘅基本原則。」

「本案存在較同類案件嚴重嘅因素：第一，受害女童係被告嘅親生女。第二，案發嘅時候佢只係得五歲至八歲，屬於極度年幼。

第三,(案情)覆蓋大約三年嘅時間。第四,並非單一嘅事件,而係重複、持續嘅侵犯。第五,涉及用相機手機拍攝淫褻相片。第六,無使用安全措施。」

「女童作供嘅時候講過,假如佢唔就範,被告係曾經打罵佢,亦有試過唔畀飯佢食,雖然無證供顯示打罵係會令致佢遍體鱗傷,但亦都涉及虐待成分。」

「年幼嘅女童,自幼開始出於本能信任屋企人,本來係佢應有嘅權利,女童喺中國內地出世,但之後喺邊度居住、同咩人生活,係無自主權、係任憑父母擺佈,別無選擇……」

「兒童享有期望父母保護同關懷嘅基本權利,喺社會上,大部分兒童都會獲得父母嘅保護同關懷,因為呢個就係父母嘅天性同本能,日前喺網上睇到一段野豬媽媽奮不顧身,擊退捕獵咗小野豬嘅花豹片段,令人不禁感慨動物嘅舐犢情深,但係人類,係萬物之靈,卻展露咗生父重複利用自己個女作洩慾工具,咁天良盡喪、駭人聽聞嘅事。」

「父母同子女血濃於水,保護子女,等佢哋免受他人傷害係天經地義,作為父母蓄意對孩子造成肉體同心靈痛楚及痛苦,更破壞咗孩子對父母嘅信任,孩子年幼無知,無法保護自己,亦無法尋求援助,所以社會通過法庭肩負起保護孩子嘅責任,所以必須對蓄意傷害孩子嘅人,處以嚴懲,發出鏗鏘警世訊息。」

「女童需要挺身而出，舉報被告，同埋親身嚟到法庭作供接受盤問，再一次重溫被父親侵犯嘅夢魘，更被指係蓄意誣衊被告，事實上，被告作供嘅時間稱佢唔知道個女喺外面招惹咗啲乜人，帶啲乜嘢人返屋企，將責任推卸，呢啲說話根本就係大言不慚、恬不知恥，喺個女嘅傷口上灑鹽。」

「女童嘅心理創傷報告指，女童自我形象低落，經常發惡夢，回憶被侵犯時會唞唔到氣，不過呢一年情況有改善。」

「被告嘅證供同背景報告內容，顯示對所作嘅罪行傷風敗俗、彝倫攸斁（意思：倫常敗壞）全無悔意，令有良知嘅人感到義憤填膺，對佢唾罵同譴責，咁樣嘅父親簡直係社會嘅渣子，喺任何歷史時期，同任何嘅國度，呢一種父親即使一世要喺牢獄中渡過，亦絕不為過。」

「強姦罪最高可判終身監禁，製作兒童色情物品罪最高可囚八年，被告嘅背景同心理報告顯示被告並無刑事記錄，同心理專家會見嘅時候，自我保護意識好強，迴避正面回答問題，有時會含糊其詞、自相矛盾，視個女為負累，自我洞察力低、推卸責任、完全無絲毫惻隱之心……所以你無可能希望法庭喺判刑嘅時候會對你有任何憐憫同網開一面。」

「關於案例，案情不盡相同，參考價值有限，案例亦無頒下任何量刑指引，現以十二年作為每項強姦罪嘅量刑基準，以及兩年作

為每一項製作兒童色情物品罪嘅量刑基準，不作任何扣減，下令
第二至第十項控罪，每一項刑期中嘅一年，分期執行，總刑期
二十一年……」

File A ☑ File B ☐

case no HC██████ 2016

油麻地殺鳳姐案

- 謀殺還是誤殺？
- 碼頭的對峙
- 驚慌的被告

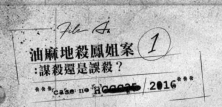

　　本案被告 C，審訊時二十三歲，被控一項謀殺罪，涉嫌於 2015 年 8 月 26 日於油麻地新填地街一單位內，謀殺四十五歲性工作者 L。被告不承認謀殺罪，但承認誤殺罪，控方不接納，續控謀殺罪。

　　本案主控為 Mr. M，辯方為 Mr. B。在抽選出四男三女陪審團後，案件正式審理。

　　主控大律師 Mr. M 透露，C 不承認謀殺，但承認誤殺，原因是 C 認為當時被 L 激怒，失去自我控制能力，續將 L 殺死。但主控強調，一般人不會因被人阻止睡覺及催促付款而瞬間被激怒，亦不會憤怒至失去自我控制能力，所以控方拒絕接受被告 C 承認誤殺，仍然控告 C 謀殺罪名。

　　控方第一名證人 Y 以普通話作供，由於不懂繁體字，所以由傳譯員帶領宣誓。

　　證人 Y 於中國內地出生，來港生活了八至九年，與男友同居，另租用油麻地新填地街一單位內的房間從事性工作，她作供時稱每天工作至凌晨三時。

　　Y 指上述單位內有一個客廳，另有四個房間，她是租用二號房間，而死者 L 則是租用位於走廊盡頭的一號房間。Y 稱與 L 不熟，亦從不知道 L 的真實姓名。

　　2015 年 8 月 26 日凌晨一時半，Y、L 及其他女子於新填地街，一排站立，她們既是在聊天，亦是招攬生意。未幾，一名男子走過來，問 Y 提供性服務收費多少。Y 豎起兩隻手指，意思是港幣二百元，男子同意，於是 Y 便帶男子到房間，該名男子就是被告 C。

　　進入房間後，C 從背包取出一瓶水，把水喝下後，又從背包內取出一個蜜桃，問 Y 吃不吃？Y 答：「我不喜歡吃蜜桃，謝謝！」然後 C 把蜜桃放回背包，Y 稱當時沒有看到 C 的背包內有一把水果刀。

　　C 問 Y 懂不懂按摩，Y 回答懂，一小時按摩服務收費港幣六百元，最少需要按摩一小時三十分鐘，但 Y 沒有要求更多費用，說只收六百元也可以。

　　其後 C 又問 Y 過不過夜，意思是服務及留宿至翌日早上，Y 拒絕並對 C 說：「你喜歡按摩，我就幫你按摩吧……」C 說好後就前往洗澡，接著 Y 便替他按摩和進行性行為。

　　過程中，Y 對 C 說：「你好厲害啊，不做了好不好？」C 回應：「好了，不做了！」Y 再對 C 說：「如果你想過夜，你就去找（別的性工作者）吧，你太厲害了！」

之後 C 便吩咐 Y 到樓下，帶剛才穿著白衣的女子上來。有兩名白衣女子先後到達 Y 的房間，C 心儀的是第二位上來的女子，那女子正是 L。

Y 對 L 説：「L……他 (C) 看中你了，找你過夜！」當時 L 笑著説好，便對 C 説：「我晚上九時至早上十一時開工，現在九百元過夜，至明天早上十一時。」C 説好。

在 C 付了港幣八百元給 Y 後，只穿上內褲的 C 便從 Y 的房間取回衣服及個人物品到旁邊 L 的房間，當時大約是凌晨二時許。

Y 在庭上説：「之後我就下樓，逗留半個小時後，就一個人回到房間，我吃了一個蘋果，然後洗澡、搞衛生……想打掃後就走了，因為我是住在另一個地方。」、「搞衛生的時候我打開房門，聽到隔壁一號房間有女人大叫一聲……」

主控問 Y 那女人是怎樣叫的？Y 立刻深呼吸，即時大聲模仿當時聽到的聲音：「OH…………（音調由高至低）」

「我覺得不太妥，就大聲叫 L，但她沒有回應我……我立刻致電給『看水』的中年男人 S……」這時法官問 Y，何謂「看水」？Y 回應：「我也不懂，別人都這樣説。」經傳譯員翻譯後，意思是廣東話的「睇水」。

S在一分鐘內便到達單位，S先走到一號房間敲門，由只穿內褲的C開門，手上拿著衣服及手提電話。

Y問他：「為甚麼你的手有血？」
C回答：「你朋友（L）暈了在地上，我沾到她的血，你們快快看你朋友！」

　　由於當時房間內黑漆漆的，看不到地上有血，Y便吩咐S進入房間看L，她自己也進去了。在房間內看見L整個人被一張被子包裹著，也有另一張被子蓋著地上的血跡。S把手放在L的腳上，搖了搖，並叫：「L！L！」Y也把手放在L的頭上，感覺到L還有體溫，但L當時已沒有反應。

Y在庭上稱：「我哋（Y與S）轉身，個嘅仔（C）就跑走了……S跑到樓下追他，我就在房間的窗子望向樓下，看見S沒追到嘅仔，就大叫S不要追，報警吧……」

　　接下來是控方第二名證人S，由於S是越南人，所以由傳譯員帶領他宣誓，他以廣東話作供。

　　S於越南出生及讀書，1981年來到香港生活。2015年時，S曾擔任兼職點心師傅。認識Y已經好幾年，知道她是性工作者。

　　2015年8月26日凌晨，S與朋友坐在油麻地北海街及新填

地街交界談天。到了凌晨三時四十分，S收到Y通知：「有人打交、嗌交、好嘈」就立刻到二樓單位看看，S形容路程只需幾秒。

S在庭上稱：「到咗單位，Y開大門，我行入走廊，有個男人從L間房行出嚟，無著衫，就咁著住條底褲，佢話L撼親個頭，跌咗喺度……」、「我第一時間睇L，佢瞓咗喺地上，個人俾張被冚住，隻腳同半個頭突咗出嚟。」、「我拍下佢隻腳，L無反應，就睇下佢個頭，見到血……」、「我用腳踢咗踢L隻腳，聽到L咳咳聲，好似想唞氣咁……」

S繼續說：「擰轉頭望下個男人（C），佢就打開大門走咗……當時佢揸住件衫同把刀。」、「我追落樓，大概追咗一分鐘，佢走得快……淨係見到佢個影，轉眼就唔見咗，追唔到，我返轉頭。」

　　然後聽到Y大叫：「報警呀！報警呀！佢（L）唔得㗎喇！」S立刻報警。

　　救護員接報後便到達事發單位為L急救，但當時她已沒有呼吸及脈搏，救護員沒有放棄，把L送至廣華醫院急症室繼續搶救，延至凌晨四時十八分，L證實死亡。

　　警方於兇案現場撿走多項證物，最重要是撿獲一把染血的水果刀，經DNA測試化驗後，證實刀上的血是屬於死者L。

　　2015 年 8 月 31 日，法醫 F 為 L 進行解剖驗屍，發現 L 的臉部、頸部、胸口上均有多處由利器造成的割傷。另外，有刀傷深至心臟及肺部，使器官不能運作，亦是致命原因。

逃脫後的 C 再度出現，他身上只穿著內褲，乘的士到觀塘碼頭，在沒有支付車資的情況下便下了車，然後走到碼頭岸邊，當時有兩位釣魚人士 K 及 W 在垂釣。C 向他們透露用刀插傷了一名女子，又提及自己的家庭問題，情緒十分激動，未幾 C 跳海。

控方第三名證人 W，由傳譯員帶領宣誓後，以廣東話作供。證人 W，已婚，現已退休，但仍中氣十足。

2015 年 8 月 26 日，凌晨約三時三十分，W 與兩位朋友 K 及 U 一同在觀塘危險品汽車渡輪碼頭垂釣，此碼頭位於觀塘公眾碼頭側。W 與朋友有少許距離，他站在岸邊石壆上垂釣，看見一名男子走近，那人就是 C。

W：「我嗰時都注意住佢，因為好似唔係幾好嘅來臨……」、「佢著好短嘅褲，大髀露出。」、「佢坐埋嚟我嗰度，我問佢乜嘢事，佢問我攞口煙食，我畀咗佢食。」、「佢初初用廣東話同我講嘢，我話我識普通話，叫佢可以用普通話同我講。」

W 接著說：「嗰時我睇清楚啲，佢件衫有啲爛，露出大髀呢……有傷痕，即係劃花咗咁，佢入嚟前撞到維修嗰啲鐵欄，又爬鐵線網入嚟碼頭，所以我睇住佢行埋嚟。」

然後 W 一氣呵成說：「我見佢狼狼咁嘅樣，就問佢發生咩事？佢呢……問佢嘢……佢好耐先答㗎……佢話傷咗人，我問佢點整傷

人？佢話用刀捅咗嗰個人幾下。我問佢喺邊度傷人？佢話深水埗。我問佢點樣嚟到觀塘？佢話坐的士嚟，無畀錢……咁我話個傷者係男定女？佢話女嘅。我話你打電話問下個傷者先啦，可能唔嚴重呢……佢無反應。咁我話……如果傷呢，就係輕罪啫，你報警自首啦……佢無答我。」

接著，W 説：「咁呀……我專登好大聲講嘢，驚醒我兩個朋友，其中 K 聽到我好大聲，又唔知我講乜，佢就走過嚟搵我，另外 U 都跟住過嚟搵我……咁我同佢哋用英文講……殺人犯！殺人！小心！」、「我話我離開，行出去觀塘公眾碼頭嗰度等佢哋兩個……跟住，個男人（C）執咗個鐵嘅工具（長柄油轆）走出嚟……我哋有啲害怕，所以商量後就報警……」

「報警之後，警察未到場，K 就話，你（C）要煙，拋包煙畀你，你要飲嘢呀，拋枝水畀你……主要等佢食煙、飲水，放低個鐵工具（長柄油轆），我就擺咗佢枝工具收埋咗，等咗一陣，警察就到……」

W 補充：「我問佢（C）點解會有把刀，佢話佢個背囊有把生果刀，但當時喺碼頭佢係無背囊。」、「我覺得佢係正常狀態，係逃避一啲事囉……」

　　主控 Mr. M 詢問完畢，到辯方大狀 Mr. B 開始盤問 W。Mr. B 問 W，被告當時是否不開心？W 答：「叫做唔正常，佢（C）衣

衫襬褸，又無著鞋啦，同時面青口唇白咁囉⋯⋯」

Mr. B 指出，被告不是故意延遲回答問題，而是要想清楚才回答。W答：「唔清楚！」其後 Mr. B 再追問，W 再答：「係囉⋯⋯」

Mr. B：「被告有否提及要自殺？」

W：「有⋯⋯佢話想死，由開始見到佢，我就已經好奇同奇怪。」

Mr. B：「當時被告是否只穿內褲？」

W：「無留意到係咪著底褲，因為我要留意住佢上身（行為）嚟保護自己，佢得個白色電話，無其他嘢。」

Mr. B：「被告有否用那個鐵工具（長柄油轆）來威嚇你們？」

W：「可能講⋯⋯叫無機會啦！」

Mr. B：「被告有否聲稱要傷害你？」

W：「絕對無！」

Mr. B：「當時為何擔心？」

W：「應該點形容呢⋯⋯好似俾人追殺緊嘅情形⋯⋯面對面睇到佢（C）有害怕、驚青。」

Mr. B：「與被告的對話中，被告是否大聲說話及哭泣？」

W：「佢講嘢叫做大聲，但唔係好大聲，有喊嘅表現，但好少，

我無見到佢有眼淚。」

Mr. B：「被告稱用刀去插別人，他是否曾說背包有水果，所以有把刀？」

W：「我有懷疑，呢個人講嘢係咪真嘅，所以呢⋯⋯我就問佢多啲嘅嘢⋯⋯呃⋯⋯佢係咁嘅意思，佢話係生果刀，生果刀，佢話嘅。」

File A

　　W 及友人報警後，警員接報後到達觀塘碼頭，在岸上神情激動的 C 要求警員：「一槍打死我！」最後 C 被警員制服送往醫院。

　　由於 C 選擇不上證人台自辯，所以他於 2015 年 8 月 27 日在醫院病房所進行的錄影會面成為主要證供。C 在會面期間有時說普通話，有時說廣東話，有時在普通話對話中夾雜廣東話，所以警方提供一名翻譯主任進行翻譯。不過錄影片段質素並不理想，因為醫院病房背景聲音十分嘈吵、錄影時對人聲收音亦不太好，導致各人聲音均十分細小，以下內容將以錄影會面時資料作整理及歸類。

　　被告 C 出生於中國汕尾市海豐縣，在海豐縣聯安鎮生活及長大。C 在內地接受教育直至初中一年級，後來於國內技術學校修讀。2012 年，C 跟隨母親來港生活，他曾居住藍田、荃灣、牛頭角，直至案發前，因為 C 的母親身體抱恙，C 決定搬到觀塘與母親居住，同住的還有 C 的二哥一家四口。

　　來港生活後，C 曾做過多種不同類型的工作，例如在餐廳廚房任職切菜員、送貨跟車工人、地盤及裝修工人等，事發時沒有工作，只是跟朋友學習賣熟食和打散工。

　　C 的嗜好是跟朋友去遊車河、唱歌、跳舞、上網等，所以擁有一部 iPad。C 又稱因心臟不好，不能進行刺激活動。有時 C 會約朋友一同玩遊戲機，又會與朋友一同喝酒。

　　警員問 C 有否服藥習慣，C 回答沒有，稱自己很容易患上感冒，會買感冒藥吃。當警員問 C 有否服食精神科藥物，C 突然以廣東話反問警員：「咩精神科？係咪要睇醫生嘅啫？」

　　談到 2015 年 8 月 25 日，C 稱當晚約了兩位朋友到油麻地吃夜宵，因為 C 想問朋友們有沒有工作介紹，所以當晚由 C 請客。C 突然以廣東話說：「我哋行下街，搵啲靚女玩下、傾下偈。」

　　到了 2015 年 8 月 26 日凌晨大約一時半至二時許，三人在上海街、新填地街及西貢街一帶找美女。C 說：「後來好累，就喺上海街附近一個公園仔坐低，買咗嘢飲，坐低食煙……」、「之後，另外兩個朋友找到美女，美女不夠分，所以我行開了……」

過了一會兒，C 又說：「發現有警察，所以我唔睇女仔喇，驚俾警察查，點知都係俾佢查，警察發現我個背囊裡面有偉哥（男性壯陽藥威而鋼），問我有無醫生證明，我嗰陣先知原來買偉哥都要被罰㗎？我害怕被罰，就同警察講唔知道要證明㗎噃……警察抄低我個人資料之後就放咗我，我當時好驚……」

「被警察查問後，我被嚇，一路跑，想搵返兩個朋友，但佢哋唔見咗，我諗佢哋上咗去上面妓女嘅地方，有幾個房間，我唔知道邊間，我就喺下面街行了兩圈。」

「我有四粒偉哥，我食咗一粒……我喺街搵到靚女，問佢幾錢（性

服務費用）？佢好似講二百蚊，然後同美女上房間，沖涼……我好累，唔舒服，就叫美女幫我全身按摩，按摩六百蚊。」、「同美女聊天，跟住做事情……」

　　警員問 C：「甚麼是做事情？」C 答：「同美女玩，做嘢……男女之間嘅事情，覺得不好玩所以想換另一個（美女）……有射精、有用安全套……」警員再問 C，做事情是否做愛？C 同意。

C 説：「我好累，好眼瞓，想（在單位內）過夜……就同美女講，想過夜，佢話很貴……我問佢可唔可以包夜，佢話無過夜服務，唔過夜㗎……我同美女講，下面（街）有兩個美女，叫佢哋上嚟！」、「有個美女上嚟，喺隔籬房，我問佢包夜幾錢，佢話好貴，要一千蚊，我話好貴，叫佢平啲，最後傾到九百蚊，佢話 OK！但我話我唔夠錢，聽日先畀佢。」

「入房後，我肚餓，就攞背囊入面嘅蜜桃出嚟食，背囊裡面仲有蘋果、橙，仲攞咗個 iPad 出嚟充電，之後就同美女做愛，好似有用安全套、好似有射精。」、「我好暈、頭痛，好想睡覺。我睡覺，美女叫醒我，叫我先交錢，我入房前問咗佢係咪即刻畀錢，佢話聽日先畀㗎嘛。」、「美女叫醒我，我唔想醒，我叫佢聽日先講啦，我推開佢，佢又推醒我、整醒我，我背包個暗格有一千蚊，身上有幾百蚊，第一個美女我畀咗六百幾蚊，得返百幾蚊，我無畀錢第二個美女……」

「嗰一千蚊，我係問阿媽借，用嚟買嘢，同朋友食宵夜都係我出錢，我喺個背囊度搵唔到錢，就叫個美女幫我搵，佢又搵唔到，我問係咪佢同事（Y）攞咗我啲錢呀，我頭先換過衫喎，佢話唔知係唔係呀！」

「我咩都唔想做，只想瞓覺，佢唔畀我瞓，我打佢，佢又打我，又唔畀我瞓，我同佢打架之中，攞到唔知咩打佢、打佢、打佢，一開始講咗幾時畀（錢）㗎嘛……我頭痛，佢唔畀我瞓，我食咗偉哥，唔舒服，我推開佢，佢跌倒……」、「美女好大聲叫隔壁嘅人，我用左手掩住佢個嘴，打佢，又攞住嘢打佢，喺枱上面攞，刀或者棍，尖嘅嘢……」

「佢打我，我叫佢唔好煩我，我好嬲，攞到嘢打佢、打佢、打佢，手上有血漬，有兩個人走過嚟開門，門無鎖，佢問頭先做緊咩？我話唔知道！」

「我同美女互相打（對方），我好嬲，攞嘢打、打、打她，類似係刀……枱上有刀，我將佢捉住，用刀打她，打、打、打……打到邊度唔清楚……」

「有兩個人入嚟房，我手有血，我話美女跌倒，我提出報警啦，我就慌了，開門，恐慌，我拿手機及衣服跑出去，跑、跑、跑……跑、跑、跑……」

「我當時無著褲，我都唔知道，我覺得自己無著褲，就喺街問人借褲，人哋話無喎，跑緊嗰陣問人借……」

「跑、跑、跑，見到有把刀喺手上面，就插咗喺太陽傘個石躉度，好恐慌，跑咗好耐，跑、跑、跑……跑、跑、跑……我頭痛、頭暈、好累，係咁跑，大約跑咗半個鐘，我無戴眼鏡，睇唔清楚，跑到去大馬路，上咗的士去觀塘。」

「司機問我去觀塘邊度，我唔識講，我恐慌，喺碼頭有水嘅地方落咗車，無畀錢，有人食煙，畀咗枝煙我，有三個人同我講嘢，我話唔唔同人打交，手有血，我話唔識嗰個人……有個哥哥話攞水畀我飲，唔知點解我跳咗落去（海），但我又自己上返嚟……」

「我頭痛、頭暈、講唔出嚟點解打咗人，我好驚……警察叔叔嚟到，好驚，佢叫我上警車，問我咩事，我話打咗人，想返屋企。」

警員問 C 為甚麼要跳海？ C 答：「好驚、好緊張、好慌張，我想搵個地方躲起來，因為我睇唔清楚前面，想走去海邊，就跌下去（海）……我自己爬、爬、爬，上返嚟（碼頭岸邊）……」

以上就是 C 的錄影會面，他選擇不上證人台作供，亦沒有其他辯方證人，於是案件迅速到達結案階段，控方大律師 Mr. M 僅用了二十分鐘作結案陳詞，因為這宗案件的案情十分簡單。而辯方資深大律師 Mr. B 則用了不足兩小時作結案陳詞，主要說述被

告的錄影會面。

　　經法官總結及引導陪審團後，陪審團退庭商議，經過兩個多小時商討後，四男三女陪審團一致裁定，被告 C 誤殺罪名成立，法官以監禁十二年為量刑起點，由於 C 開審時承認誤殺罪，所以酌情扣減三分一刑期，總刑期為監禁八年。

File A ☑   **File B** ☐

case no. HC_____ 2017

人夫・情婦・糯米糍

- 含糊不清的關係
- 屢次威逼屢次就範
- 記憶缺失？
- 羅生門案情
- 消失的被告

File A

人夫・情婦・糯米糍 ①
:含糊不清的關係
case no. HCCC35/2017

File A

　　強姦屬嚴重罪行，一經定罪最高可判處終身監禁，所以強姦案件會於高等法院審理。審訊中，法庭會用字母 X 來代替女事主的名稱，以保護女事主私隱，將其身份保密。看過很多宗強姦案審訊，現在來到其中一宗。

　　被告 W，審訊時三十二歲，已婚，育有一名年約五歲的兒子，任職鞋店售貨員，被控強姦及刑事恐嚇罪（威脅 X 會使 X 人身受到傷害及使 X 受驚）。

　　女事主 X，審訊時二十一歲，事發大約一個多月後已與台灣籍男友結婚，並定居台灣，審訊時已懷孕將近臨盤，特意回港出庭作供。X 於 2013 年參加中學文憑試後便投身社會，於餐廳工作時認識 W，初時 X 不知道被告已婚。

　　糯米糍，是二人一同撫養的貓兒，在被告寓所中飼養。

　　故事要由 2014 年開始說起，一月時，X 與前度男友分手，W 陪伴 X 到長洲遊覽散心，同日二人發展至情侶關係並發生性行為。短時間後，X 從同事口中得知 W 已婚，W 其後承認，並告知 X 正與妻子辦離婚手續及分床睡覺。

　　二人戀情繼續發展，W 不喜歡 X 與其他朋友外出，所以會經常到 X 公司找她及接她去吃飯。二人會互傳情信，並以「老公」、「老婆」相稱。每月會多次約會，亦會發生性行為，地點是被告

寓所、X 寓所、時鐘酒店或內地。由於 X 每月只有一萬三千元左右的薪金，所以 W 會為 X 提供經濟援助，替 X 繳交合共二萬多元的信用卡款項，又會送食物到 X 的寓所及工作地點，X 形容是 W「自願」的：「佢自己請我食飯，自己攞嘢畀我食，我無迫佢一定要㗎喎⋯⋯」

雖然在拍拖期間，W 曾經四度對 X 提出分手，但最終 W 亦四度哀求 X 復合。2016 年二人曾結伴到台灣旅遊，到了同年四月二人關係急轉直下，W 懷疑 X 另結新歡，於是提出分手，X 願意，稱不想再繼續破壞別人家庭。

W 提出分手後，二人仍有保持電話聯絡及見面，但 X 稱 W 不斷滋擾她，若果不回覆 W 電話的話，W 便會到 X 寓所樓下及工作地方找她，於是 X 唯有和 W 繼續聯絡。

到了五月九日，W 相約 X 到尖沙咀 The One 商場內一所高級餐廳慶祝周年紀念，當時共拍攝了十八張溫馨甜蜜相片，有 X 捧花束照、二人親吻照、手拖手照、X 坐在 W 大腿上照、X 與蛋糕照（蛋糕上面寫上「對唔住老婆」）等。

辯方大狀問：「兩人關係應該係進一步，而唔係鬧分手？難道你係被迫攞住紮花、被迫手拖手？」
X 回答：「佢（W）話影完相就唔會再煩我！」

惡夢於溫馨周年晚飯後約一星期發生，2016 年 5 月 16 日凌晨，W 致電 X，傾談了約一小時，內容大致是 W 的妻子揭發了 W 與 X 的戀情，於是二人吵架，其後 W 回家時發現妻子自殺，需送院治理。W 想 X 到醫院向其妻子解釋，稱二人只是舊同事關係，並非情侶。但 X 在庭上否認此事。

X 稱 W 致電給她，其實是懷疑她另結新歡，要求與她到 W 上水寓所見面，否則 W 會把「糯米糍（二人一同飼養的貓兒）由 33 樓拋落街！」X 為了愛貓只好答應 X 的要求。

到達 W 的上水寓所樓下，X 將 iPhone 有線耳筒的咪高峰卡在手袋邊，並開啟錄音功能進行錄音。

進入 W 寓所後，W 叫 X 放下手袋，並對 X 說：「有咩入房傾！」X 拒絕，W 說兒子正在客廳睡覺，不想吵醒他，最後 X 入了房間。

「呀……呀……唔好呀！唔好咁啦！我唔要咁樣呀！」庭上播出長達十三分四十九秒的錄音檔案，X 稱這段錄音反映了 W 將要強行與她發生性行為，在錄音檔案最後的五分鐘聲音變得寂靜，X 稱這時正在被強姦。

在庭上作供時，X 指在房間內，W 推她到床上，拉高她的衣服，脫掉她的牛仔褲及拉低她的內褲，W 用手按著 X 的手，用膝

蓋頂開 X 的雙腿，強吻 X 的胸部，X 有嘗試推開 W，但不成功。最後 W 在沒有使用安全套的情況下，在 X 陰道內抽插至射精，W 還對 X 說：「咁鍾意同其他男仔一齊，我同你做完（性行為），你有咗 BB，就唔可以同其他男仔一齊！」

完事後，W 發現 X 的電話正在錄音，X 停止錄音後 W 情緒開始激動，從睡房內的毛公仔背後取出刀子指嚇 X，揚言：「如果你要同我分手嘅話，就攬住一齊死！」又質問 X 為何與其他男性發生性行為，當時 W 不讓 X 離開，她見 W 情緒開始冷靜，便哀求離開，最後 X 成功離開單位。

案發後大概一個月，2016 年 6 月 15 日凌晨一時許，出入境記錄顯示 X 曾與 W 一同出境，X 稱是 W 要求和她一同前往深圳，若不去的話，W 會到 X 的寓所及工作地點等待她、將偷拍她的相片放在互聯網上公開，又稱：「食埋餐飯就唔會再搵我（X）！」

於是 X 只好答應，二人到了深圳吃飯、按摩、過夜，在按摩後的休息時間途中，X 稱：「佢（W）將佢張床拍埋嚟我張床，跟住摸我，我叫佢唔好掂我，嘗試推開佢，但我精神狀態疲弱，因為差唔多整個月都受被告電話騷擾，所以劫到無反抗，被告就除褲同我發生性行為！」

辯方大狀問 X 為何不自行返家，X 稱「唔熟路」，並於翌日下午大概三時由 W 陪同下返港。

　　其實在 2016 年 4 月時，X 在網上認識了一名台灣男子，事發時 X 與台灣男子只屬普通朋友關係，不是戀人。但事發後二人關係迅速發展，於同年 7 月 2 日，X 到了台灣與該男子見面。兩日後，二人便在台灣註冊結婚。丈夫知道 X 被強姦的事，三至四次勸 X 報警處理，因為怕 W 突然襲擊 X。X 最終於 7 月 9 日報警。

法庭遊蹤
Court Diary

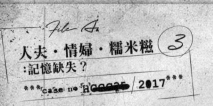

File A

人夫・情婦・糯米糍 ③
：記憶缺失？
case no. HCCC35/2017

File A

控方主問下，X 將被強姦的情節說了一遍，主問完成後，到了辯方大狀的反擊，將疑點逐個向 X 盤問。

首先，有關 X 在警署所錄的七份口供，與 X 庭上作供時所說的情節有所不同。例如：在警署的口供指，是被告脫掉她的衣服並強姦她，被姦後她哭著在房門外取回牛仔褲及穿衣服，但在庭上則指被告拉高她的衣服並強姦她，而性交的持續時間方面也有所出入。

再者，被告在強姦時說的：「你咁鍾意同其他男仔一齊，我同你做完（性行為），你有咗 BB，就唔可以同其他男仔一齊！」這句話並沒有收錄在七份警署口供內，所以辯方大狀懷疑 X 在說謊。X 當然不同意，她稱在警署錄口供時因精神不佳而出現遺漏。

另外，辯方大狀質疑案發當日 X 根本沒有被 W 強姦，而 X 要到 W 寓所，是要和 W 商量 W 妻子揭發了二人婚外情一事，二人甚至沒有發生過性行為。這點 X 當然也不同意。

辯方大狀亦質疑，當天 X 於被告寓所內逗留了三小時才離開，但該段錄音只是 X 剛到 W 寓所時的十三分四十九秒，錄音完結後還有兩個多小時，究竟途中發生甚麼事呢？

X 解釋，因為長期被 W 電話騷擾引致失眠，被告發現她錄音後，除了用刀指嚇她外，還不讓她離開其寓所，後來她在客廳睡

著。X睡醒後，便哀求W讓她離開，最後W要求與她擁抱，不久便讓她離開單位。

此外，辯方大狀亦呈上一些W與X於案發後一個月，即6月16日，二人一同到深圳消遣時所拍下的相片，二人像戀人一般親密，X在相中露出開心的笑容、二人穿著情侶裝球鞋、W展示出X英文名的紋身、W撓著X的腰拍照等。

辯方大狀質疑「強姦」事發後，二人關係亦非常好，同時質疑：「睇你(X)嘅表情、笑容，唔似被迫喎！」X肯定地說她是被迫的，笑容亦只是裝出來，是W叫她開心點，不要發呆。至於情侶球鞋方面，X稱：「對鞋係佢(被告)買，我都唔知點解著同一對鞋(情侶鞋)！」

辯方大狀呈上一些Facebook帖子記錄，有關一個假帳戶不斷在X丈夫的Facebook帖子內作出惡意誹謗及侮辱性的留言，又不停騷擾，內容包括：「真幹他娘的搞笑，小心有愛滋！」

辯方大狀質疑X認為誹謗和騷擾其丈夫Facebook的假帳戶是W及其妻子，所以才決定報警。X承認這是驅使她報警的其中一個原因，另外丈夫亦曾多次勸喻X應該要報警處理強姦一事，後來X在7月8日與公司經理說述強姦一事，經理都建議X報警，於是X便在7月9日報警處理。

　　辯方大狀指出，在 X 報警的前一天，被告向 X 傳送 WeChat 訊息，稱已經將自己與 X 的關係告知太太，太太亦因此而自殺過數次，並稱其時太太已尋找另一個地方居住，等待太太搬離寓所後，便會與 X 同居，還會把門匙給 X，又說會娶 X 為妻、向 X 求婚，W 表明自己：「講真！唔係講笑！」X 回答說：「我唔知佢（W）幾時講真、幾時講假，我知佢根本無同老婆離婚，點解我要嫁界佢？況且我都已經結咗婚……」

　　辯方大狀再問，為何 X 於被強姦後七星期才去報警？X 回答說：「我曾經有諗過自殺，但問題唔係完全喺我度，我點解要為咁嘅人死……初時諗住忍下就算，但我怕如果我唔企出嚟舉報佢（W），會有好多女仔好似我咁，因為佢攞把刀出嚟對住我話一齊死，唔排除佢識咗第二個女仔又係咁，做錯嘢就要企出嚟面對。」

　　另外，X 稱報警當日曾向 W 投訴被 W 的妻子騷擾，但 W 向 X 說，其妻子有躁鬱症及精神問題，所以無法阻止她。

　　最後，X 也提及，被告時常要脅她、脾氣很大、發狂時會像躁狂症病人、會很用力捉著 X 及很大聲說話。

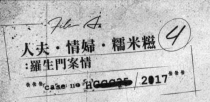

　　X 作供後，控方傳召一位隸屬數碼法證隊伍，姓葉的女警，她以專家證人身份出庭作供。X 被強姦時，開啟手機錄音功能，錄下了一部分聲音過程。

　　葉警員負責用法證軟件，從 X 手機中抽取該錄音檔案作呈堂證物，她稱若在 iPhone 錄音，檔案名稱會顯示錄音完成的年月日及時間，例如 2017 年 8 月 31 日上午八時十五分十二秒完成錄音，檔案名稱便會顯示「20170831」及「081512」。

　　根據 X 的口供說述案發時間大約為上午六時許，但錄音檔案名卻反映儲存時間為上午十時許，這是難以解釋的。另外，若此檔案曾經被人修改過的話，會否能查看修改記錄？葉警員回答：「未必睇得出！」

　　之後，控方再傳召一名偵緝警員作供，這位警員負責拘捕、蒐證及與 W 進行錄影會面，該影碟成為呈堂證供，由於 W 選擇不出庭自辯，所以錄影會面便顯得相當重要，W 將會以他的版本，把整件事情的來龍去脈說一遍。

　　被告 W 於 2011 年 11 月在香港註冊結婚，育有一子，審訊時大約五歲，在上水居住，任職鞋店售貨員。2014 年 11 月於尖沙咀海運大廈某西餐廳與 X 相識，X 負責麵包販賣部門，W 則於餐廳部門兼職工作，另外 W 還於另一公司任職代購員。

其後 W 和 X 成為朋友，常常交談，又相約到酒吧及逛年宵市場，2015 年 1 月 29 日（即逛年宵後一天），因 X 與前度男友分手而感到不開心，於是 W 與 X 到長洲散心，W 提意租一間渡假屋，到了房間後，W 與 X 的情侶關係正式展開，當日二人發生了性行為，X 替他口交及戴安全套，完事後二人一同洗澡，然後再一同外出用餐、購物。

W 稱同事們也知道他與 X 的關係，W 放假時，間中會送食物到公司門口給 X。二人繼續發展，曾在 W 的上水寓所、X 的寓所、深圳七天酒店等發生過性行為，進行性行為時會戴安全套，亦有試過不安全性行為，因為 X 不想他用安全套，稱想替他生小孩。

關於 2016 年 5 月 16 日所發生的事，W 表明：「我無強姦佢（X）！」事發前一晚，W 與太太因 W 婚外情一事吵架，W 離開單位冷靜情緒，中途接到太太來電說：「你以後唔使返嚟，我依家食藥死畀你睇！」

W 聽到電話後立即返回寓所，發現太太無意識，於是 W 便致電 999 召救傷車，救護員到達後見 W 的太太毫無意識，便把太太送往北區醫院治理，醫生診斷太太精神狀態有問題，需留院觀察，其後 W 大約於清晨五時帶同兒子回家。

安頓好兒子後，W 便致電 X，告知 X 其太太因自殺留院，W 說：「我老婆話叫你出嚟講清楚，你過嚟我屋企拆解呢個問題，

呃住我老婆先，等佢穩定情緒⋯⋯你搭的士嚟啦，我畀返錢你！」於是 X 便乘的士到 W 上水寓所。

大約上午七時半至八時左右，X 到達 W 寓所並坐在客廳的沙發上，W 坐在對面的電視櫃，發現 X 不開心，W 對 X 說：「我老婆自殺，睇下可唔可以講個大話，等老婆唔好（再）自殺。」X 回答：「點解我要去（醫院）？」之後二人便開始吵架，為免吵醒正在客廳睡覺的兒子，W 叫 X 入睡房再談。

進入睡房後，二人開始對罵，W 罵 X：「你咁大使，爭卡數未找、又賭錢、又唔識儲錢，啱啱先同你去完台灣，一落機就諗去泰國⋯⋯」、「咁多個女朋友，你係未儲到錢嘅一個！」

X 亦不甘示弱，邊哭著邊失控地反罵 W：「點解要我過去同你老婆對質？識你兩年，你話離婚又未離⋯⋯我想分手⋯⋯」W 對警員表示，吵架過程大約半小時，W 無奈說：「我唔係鬧得好大聲，但啲說話唔係好好聽⋯⋯我決定離婚，佢又話分手⋯⋯」

之後，W 覺得 X 近期行為古怪，又改了電話登入密碼，他要求查看 X 的電話，認為 X 有別的男友，但查看後並無發現。

在睡房中，X 抱著貓兒「糯米糍」，後來兒子醒了，W 與 X 便返回客廳，其時 X 還在飲泣，W 令兒子叫「姐姐」，兒子還拿紙巾給 X 抹眼淚，又親吻了 X 的臉一下。接著 X 說很累，就在沙

發睡了大約二十分鐘。早上九時左右 X 醒來，她說很累，又不想去醫院跟 W 的太太解釋，W 給了 X 五百元後她便離開了。

關於 6 月中到深圳的事，W 指當晚是他提議到深圳消遣，大約凌晨十二時許，W 與 X 到太子乘旅遊巴到落馬洲關口，出境後，二人先乘的士到向西村用餐，大約凌晨二時半至三時左右二人到達水療中心，房間內有兩張按摩床，按摩技師完成按摩後便離開。

其後 W 把兩張床拼在一起，與 X 一同睡覺，中途 W 伸手摸向 X，X 沒有反抗，W 對警員說：「我有問佢 (X) 界唔界摸，因為我哋當時嘅關係比較複雜，唔算情侶，但做啲嘢又係情侶……」、「我哋除衫，佢摸我陰莖，我哋發生性行為，無用 Condom，因為冇帶，體位係佢側身，我喺佢後面……佢話唔好射入面（體內射精），完事後我用紙巾幫佢抹返啲精液……佢情緒正常，然後我哋再瞓覺……」

大約中午，W 與 X 去了深圳東門購物，買了電話保護殼及外置充電器，逗留大約一小時後便乘巴士到羅湖關口，抵港時間約為下午三時半。由於 X 想買鞋，所以二人乘港鐵由上水到旺角，先在旺角兆萬商場內一間餐廳用膳，然後再出發去買鞋，中途遇見公司同事，雙方還點頭打招呼。

由事發時至深圳消遣期間，W 稱大約見過 X 十幾至二十次，會接 X 下班，再前往用膳。

警員問 W：「X 會唔會搵你？」

W：「佢要買嘢嘅時候就搵我！」

警員再問：「點解搵你？因為你會畀意見？」

W 妙答：「搵我畀錢多啲囉⋯⋯」

　　時間談到七月初，W 的太太見到 W 與 X 的合照，W 對警員說：「老婆見到 X 戴過我隻錶，就扰咗我隻錶⋯⋯又見到我同 X 著一樣嘅鞋，老婆就扰咗我對鞋⋯⋯」、「我老婆喺 Instagram 及 Facebook 騷擾朋友⋯⋯」老婆不停留言：「叫佢（X）現身！」

　　本宗審訊，控辯雙方結案陳詞都是值得一看的，主要看看辯方大狀怎樣說服陪審團。

　　先說控方結案陳詞方面，大狀舉證完全依賴 X 的口供作理據，大狀將 X 口供及庭上證供、所提及過的情節再次說一遍。另外由 X 的手機錄下來的案發過程，控方大狀選擇將它放在陳詞結尾才重申：「呀……呀……唔好呀！唔好咁啦！我唔要咁樣呀！……」

　　到辯方大狀結案，似乎把 X 的證供打得落花流水，辯方大狀舉出多項有關 X 在庭上作供及警署口供不相符之處，似乎說服了七位女陪審員。

　　首先，必定說舉證責任在於控方。若果陪審員肯定 W 有干犯罪行，才能裁定 W 有罪，若果不肯定 W 有否干犯到該罪行，則不能裁定 W 有罪。

　　雖然 W 並沒有選擇出庭自辯，但從 W 在警署的錄影會面中，便能得知 W 的證供，不出庭自辯不代表 W 有事隱瞞。進行錄影會面距離被捕只相隔數小時，而且 W 事前不知道 X 已經報案，對於突然被拘捕顯得十分愕然，所以 W 所說的口供很可能是真實，因為根本沒有足夠時間讓 W 編故事。

　　W 說述，睡房門因有電線在地面阻擋，所以不能完全關門鎖上，與 X 所說的證供不符：「除咗我條牛仔褲抌出客廳，然後強

姦我！」、「你（W）做乜鎖住我，我求下你唔好鎖！」而且當時 W 的孩子正在客廳睡覺，隨時可能會醒來。

W 要求與 X 在上水寓所見面，源於 W 的太太於凌晨自殺入院一事，而非想強姦 X，W 想 X 一同到醫院向其太太解釋二人不是情侶關係及一起編故事，暫時「呃住老婆，等老婆唔好（再）自殺。」辯方大狀同時展示出 W 太太的住院證明。

在 X 的七份警署錄的口供及庭上證供，有一些證供說法是不同的，例如：

第一點，情節上的出入。X 稱到達 W 寓所後被 W 從後推其背部，直至推進睡房，期間手袋跌在地上。而另一口供稱，X 到達 W 寓所後便把手袋放在客廳內。

第二點，時間上的錯誤。X 在不同口供說述案情時，6 月 15 日從深圳回港的時間點均有所不同，大狀曾質疑，既然 X 是被迫到深圳，如果是不想去的話，應該會記得當時的準確時間。

第三點，被強姦時衣服的狀態。X 在警署口供稱被 W 脫去衣服後強姦。而在庭上稱被 W 扯高粉紅色上衣及內衣，再被 W 脫掉其牛仔褲及內褲後強姦。

第四點，X 稱被 W 吻胸部的次數有所出入。一份口供稱被 W

吻過胸部三至四次，第二份口供則稱被吻胸部約五至六次。

第五點，X 説述被強姦的時間長度均有不同。一份口供稱被強姦了五至六分鐘，另一口供稱十分鐘，再於第三份口供內稱少於五分鐘，而在庭上作供就稱過程達七至八分鐘。

第六點，X 在庭上作供時指 W 在強姦她時説：「咁鍾意同其他男仔一齊，我同你做完（性行為），你有咗 BB，就唔可以同其他男仔一齊！」但這句話從未收錄於七份警署口供內，強姦時的錄音也錄不到。

再看看其他論點，辯方大狀稱如果錄音是真實，為何錄不到其他對話，在客廳中的對話錄不到、在睡房內有些對話亦錄不到。

另外，有關錄音儲存的時間，案發時間是早上六時許，但錄音檔案名稱顯示尾段為「101344」（即建立於十時十三分四十四秒）。

辯方大狀又稱，若 X 真的被強姦，案發後當 X 再看到 W 的話，X 一定會比上一次驚慌及嚴陣以待，但二人到深圳消遣、按摩，再發生性行為時，X 均沒有再錄音。

最後，案發後二人仍有互傳短訊及通電話，短訊中並沒有提過強姦及被騷擾一事。

全女班的陪審團於裁決日上午十時半開始退庭商議，至下午二時半已經有裁決。此時，驚訝的事發生了！

法庭書記突然聯絡不到 W，辯方大狀到庭後亦十萬火急地立即尋找他的下落，誰知道 W 竟然說：「返咗屋企⋯⋯」這刻真的嚇呆了。

W 的寓所在上水，回到法庭大概需要一小時左右，法庭內的所有人員亦因而多等了一小時，辯方大狀都顯得十分無奈。其實在陪審團退庭商議時被告真的不能走遠，只能在距離法庭半小時路程內的範圍活動，因為隨時準備開庭以處理陪審團問題及證物問題，更何況隨時會有裁決呢？

終於等到 W 趕回法庭後再次開庭，被告 W，被控於 2016 年 5 月 16 日，涉嫌強姦女子 X 及刑事恐嚇罪（威脅 X 會使 X 人身受到傷害及使 X 受驚）。首席陪審員宣佈，一致裁定 W 強姦罪名不成立。另一項刑事恐嚇罪，亦一致裁定 W 罪名不成立。

本案令我留下深刻印象的，是辯方大狀很尊重 W 無罪的身份，大狀向法官申請訟費前，先向法官申請將無罪的 W 從被告欄中釋放，讓他坐在公眾席後再慢慢說述訟費事宜，這份平等及尊重，值得我們學習。

FILED
IN COURT

File A ☑   File B ☐

case no HC████ 2012

浮屍真相

- 突然死亡的開端
- 死者的雙面
- 關鍵傷痕
- 遲了五年的結局

　　看過很多很多法庭審訊，謀殺、誤殺、強姦、販毒、暴動、甚至售賣侵權物品等等，每宗案件都能帶給我不同感受，看多了，人也變得理性，聽案求真，甚至實地考察，都成了我的興趣。

　　本宗案件也不例外，八天的審訊來自一群親友鍥而不捨為後輩追尋死亡真相的故事，這種求真、理性、感性並存的案件實在太吸引，現在，就與大家一同走進死因裁判法庭。

　　先介紹一下位於西九龍法院大樓的死因庭，無論設施、科技都比舊有法庭優勝，法庭內，設有近觀席給家屬就座，審訊進行期間，可有五人陪審團，大狀及律師均不用穿上律師袍和戴上假髮，這與高等法院審訊時的規格大為不同。

（謹記：死因庭的權限只在於決定死者的死因，與死因無關的內容均不能呈堂，例如：誰應負上死者死亡的法律責任，都不能在死因庭結論中出現，亦超出死因庭所裁判的權限。）

　　故事發生於 2012 年 7 月 30 日晚上大約八時許，一名釣魚人士在柴灣嘉業街、柴灣貨倉對開海岸垂釣時，發現一具浮屍，水警輪接報後到場搜索，在距離岸邊三十尺位置發現死者，屍體打撈上岸後送往西灣河水警基地，等候初步檢驗及認屍，警員在死者身上發現錢包，內有身份證、銀行卡、八達通及五十元現金，憑身份證查核，是報稱失蹤的青年——E 神。

得知噩耗，家人立刻前往認屍並證實身份，母親情緒近乎崩潰。經法醫初步檢驗，死者屍體發脹，估計已死去一至兩天，頸部有一處傷痕，認為死因可疑，案件交由重案組跟進，亦需要進一步剖屍來了解死因。

2012 年 8 月 1 日，經剖屍後，法醫認為屍體已腐化，故此無法確定死因，很可惜未能為死者說出死亡真相，而頸上的傷痕，被判定為表面傷痕，加上一些認為沒有可疑的調查報告，似乎令這宗案件劃上句號，未有展開任何死因研訊。

面對這個局面，家屬接受不了，好好一個青年，為何會無故離奇失蹤、死去、變浮屍？心結始終不能解開，於是五年來，他們鍥而不捨地調查，自費聘請專業人士撰寫報告、尋找現場多個地點的閉路電視影像、做了不同測試，提交多項有關死因的理據，終於與各部門開會、商討下，成為香港首宗由家屬聘請專家調查後，令有關當局召開的死因研訊正式開審，為 E 神的死尋找真相。

死者事發時十六歲，因他有一個網誌名稱叫「小西灣 E 神」，E 神因而得名。2011 年，E 神升讀中四後，因無心向學而輟學，暫時未有工作，但有意報讀機械課程進修。

2012 年中，家人發現 E 神身上有紋身，因父親對紋身十分反感，於是命令 E 神必須洗掉它。到了 2012 年 7 月 28 日，E 神與母親吃過早餐後，便由杏花邨寓所出發到中環洗紋身，並於下午

五時完成，母親本想和 E 神一同回家，但 E 神稱約了朋友（Ming）吃晚餐，於是二人便分開了。到了當晚的七時及九時，E 神與母親也有電話聯絡，但之後便聯絡不上，自此二人就陰陽相隔。

究竟 E 神在這幾個小時內發生了甚麼事？見過甚麼人？行蹤怎樣？為何離奇死亡？從各人的口供，我們可以作深入了解。

五年後的 2017 年 9 月 18 日，審訊終於展開，並抽選出三男四女陪審團。

首先，由 E 神母親作供，她是 E 神的繼母，E 神自六歲起便由她照顧，母親一直把他視如己出，關係非常好，在她心目中，E 神是乖巧和孝順。

提到 2012 年 7 月 28 日案發當晚所發生的事，E 神母親指曾在晚上七時左右致電問愛兒何時回家，但她忘記了兒子回答甚麼，在證人台上哭泣起來，她責怪自己：「我實在太傷心，我無記性㗎依家⋯⋯」

到了晚上九時，E 神致電母親，跟她說十二時便會回家，又要求母親在電話「錫錫」，但母親稱要回家後才「錫」，E 神回答母親：「你錫我，十二點一定見到我！」可見二人關係十分好。不過這就是 E 神與母親最後的對話，往後母親再打電話給 E 神，已沒有人接聽，由當晚十一時開始更轉駁至留言信箱。

得知無法聯絡到 E 神後，母親非常擔心，更致電 Ming 以打聽 E 神行蹤，因為 E 神指自己約了 Ming 吃晚飯後就音訊全無，當時 Ming 回答 E 神母親當晚因胃痛而沒有與 E 神吃飯。又因為怕麻煩，要求 E 神母親不要報警，但母親覺得：「一味叫我唔好報警，有可疑！」於是在 7 月 30 日凌晨，與 E 神父親一同到柴灣警署報案，當時 E 神母親再致電 Ming，在旁的警員接過母親手機，向 Ming 詢問 E 神的行蹤，並對 Ming 說：「人哋唔見咗個仔呀，梗係搵你！」

裁判官向 E 神母親詢問：「知唔知 E 神有吸毒習慣？」母親回答：「事後先知！」母親稱一星期內，E 神有一至兩晚會外出，直至凌晨三時才回家。E 神母親完成作供。

接著到 E 神父親作供，E 神父親在中國內地從事工程維修，每月有二十天都均在內地工作，E 神為獨子，於深圳出世，六歲時來港生活，他疼愛 E 神，形容 E 神孝順，二人關係良好，E 神亦沒有經濟及缺零用錢問題：「每次返香港都會畀一千幾百佢！」

唯一令父親不滿的是 E 神身上的紋身，E 神父親曾嚴厲地對兒子說：「老豆最反感紋身，點解要紋身？你一定要洗咗佢！」那刻，E 神雖然不高興，但沒有反駁。

事發當天，E 神曾致電父親稱已洗掉紋身，又與父親暢談了一會，E 神指想回深圳與其他家人一同暫住，當時父親都贊成，

因為考慮到 E 神目前在香港未有求學或就業。

　　從 E 神的父母口中，E 神看似是個乖兒子，孝順父母、與家人關係良好，但青少年的另一面，有點令人意想不到，接下來，我們會從 E 神朋友中得知更多與案件及 E 神有關的資訊，使故事更加清晰。

接下來由 E 神的朋友出庭作供，他們都是與案發當日有關係的朋友，首先介紹 E 神的兩組朋友，第一組有：Ming 及傑。第二組有：阿狗、朱古力、神婆、阿咩及雞仔（朱古力前男友）。

Ming 於作供時指 E 神有吸毒習慣，試過一天內吸食兩克 K 仔，屬高劑量，每次吸食後，E 神會走來走去、語無倫次、流口水、又會合上雙眼如睡覺般。E 神曾經向 Ming 透露，因家人迫他洗掉紋身而感到不開心，又覺得被家人威脅，若不洗掉紋身就不會發零用錢。

2012 年 7 月 28 日當晚，E 神對其母親稱將與 Ming 吃晚飯，其實是約了 Ming 及傑到柴灣一間網吧打遊戲機，期間他們一同吸食俗稱 K 仔的毒品氯胺酮，後來 Ming 因為胃痛，故此沒有與 E 神吃飯便先行離開。之後曾與 E 神通電話，但已忘記談話內容。

E 神失蹤後，E 神母親曾致電 Ming 查詢 E 神行蹤及消息，當時 E 神母親問 Ming 是否需要報警，Ming 回答：「唔需要住，如果過幾日都搵唔到佢（E 神）先報警啦！我都會幫手！」

代表家屬方的 R 姓資深大律師就著 Ming 以上的話，問：「你不建議 E 神媽媽報警，係咪知有可怕事情已經發生？」Ming 當然不同意大狀的說法，又否認有為 E 神提供毒品，也否認自己是 E 神的「黑社會大佬」。

另外，當發現 E 神的屍體後，Ming 曾致電 E 神母親，但 E 神母親對 Ming 十分反感及不信任，哭著對 Ming 說：「你賠返 E 神界我呀！」

接著，到傑的作供。直至 2012 年，傑已吸毒七至八年，他曾經與 E 神一起吸毒，亦會分享毒品，曾經試過一天內吸食十多次，甚至會吸食到花光所有錢為止，高峰期每月花費過萬元於毒品上。

傑稱自己現已戒毒，形容自己與 E 神的關係普通：「叫唔上兄弟，純粹大家一齊吸毒，係一齊玩嘅朋友！」

裁判官問：「死者（E 神）有無黑社會背景？」傑回答：「出嚟玩，個個都有背景！」其後傑也稱，知道 E 神、Ming、阿咩是社團「新 X 安」成員，他們會以「兄弟老表」相稱，又指另一友人阿狗是毒品拆家，曾為 E 神、Ming、傑提供毒品。

提到 2012 年 7 月 28 日發生的事，傑稱當晚與 Ming 及 E 神相約到網吧打遊戲機，期間三人一同吸食由 E 神提供的 K 仔，傑見 Ming 及 E 神吸毒後不太清醒，稍後便獨自離開網吧，乘的士到中環酒吧喝酒。一小時後，E 神曾經致電給傑，想與他會合，但被傑拒絕，原因是：「見佢唔清醒，費事出到嚟俾警察捉到。」之後二人再沒有聯絡。

　　然後再看阿狗的作供，他因販運危險藥物罪，被判監禁十六年半，現正服刑中。所以由懲教員押送到法庭作供。阿狗稱曾經與 E 神一起吸毒，E 神在吸毒後會腳步不穩，又會隨街小便，所以每次一同吸毒後，阿狗都會等 E 神「啪藥散咗」才與他分開。

　　阿狗知道 E 神失蹤前約了阿咩到海邊，所以擔心 E 神是「小便差錯腳跌落海」，於是阿狗在 Facebook 發起，號召朋友們一同到柴灣碼頭及岸邊一帶尋找 E 神。

　　代表家屬的 R 大狀問阿狗為何會在 Facebook 撰寫帖子，稱：「希望 E 神無事啦！大家都唔會好過！」阿狗在庭上解釋，當時未知道 E 神墮海，出於不希望朋友出意外的心寫下這個帖子，如果朋友真的有事，大家內心都會不舒服。

　　接著由朱古力作供，她是 E 神的中學同學，供詞中提及 E 神是黑社會成員，之前有段時間曾經「跟」過朱古力前男友雞仔。

　　2012 年 7 月 28 日晚上，E 神致電朱古力，對朱古力說：「雞仔嬲咗我！」、「幫我冚返雞仔！」於是相約朱古力晚上八時半，在柴灣一間快餐店相見，到達後見 E 神有少許神志不清，步伐有少許搖晃，故此朱古力猜測 E 神是吸食了毒品。在餐廳期間，他們還遇見了神婆，大約半小時後，朱古力便與 E 神分開，E 神自稱會回家。

翌日早上，朱古力得悉 E 神失蹤了，便聯同其他朋友到柴灣貨倉對開岸邊尋找 E 神，但沒有任何發現。

裁判官問：「E 神有無可能失足跌落海？」
朱古力回答：「差錯腳跌落海就應該無也可能，即使吸完毒神志不清都應該唔會⋯⋯碼頭岸邊多處有圍欄、有好多船停泊，船與岸邊之間嘅空隙，應該跌唔到落去！」

至於另一友人神婆，她以書面作供，説述 2012 年 7 月 28 日晚上，在柴灣一間快餐店遇見 E 神，當時聊了一會兒天，E 神稱要「畀返啲嘢阿 Ming！」、「唔想同佢哋（Ming）再有接觸！」，神婆亦在口供內稱，知道 E 神是「跟」阿 Ming 的，而且阿 Ming 還要求 E 神當毒品拆家。對於朋友失蹤，甚至死亡，神婆懷疑是「有人害死 E 神」，她曾在 E 神 Facebook 留言：「搞到你咁嘅人，會不得好死！」

最後一位出庭作供的朋友，是阿咩。阿咩於柴灣貨倉任職倉務員，他與 E 神在 2010 年認識，不時相約到柴灣貨倉對開岸邊釣魚，二人亦會談心事及家事，更曾經一同吸毒，E 神吸毒後會表情呆滯、睡在地上及隨街小便。阿咩形容 E 神吸食 K 仔屬高份量，他曾勸導過 E 神減少吸食份量，但 E 神並沒有聽勸告，最終使另一朋友阿狗不再為 E 神供應毒品。

之後 E 神開始慢慢疏遠阿咩、阿狗這群朋友，轉為結交另一

組朋友（Ming 及傑），經常一同吸毒、喝酒，阿咩又曾勸 E 神：「唔好同佢哋（Ming 及傑）一齊玩」，因為知道 E 神吸毒的劑量越來越高，又覺得 Ming 及傑對 E 神不好。

談到 2012 年 7 月 28 日晚上九時許，E 神致電阿咩，稱想找他傾訴，阿咩記不起其他談話內容，只記得自己當時還未下班，形容 E 神：「死都要過嚟接我放工，話有嘢要同我講！」到了當晚十時，E 神再致電阿咩，稱自己已到達柴灣貨倉，當時阿咩還叮囑 E 神不要走到近海邊的大廈出口，在迴旋處附近等。二十分鐘後，阿咩到達貨倉大門，但不見 E 神蹤影，致電 E 神手機也沒有人接聽。

阿咩對於 E 神失約不感奇怪，因為 E 神已不是第一次爽約，而他從不解釋為何會突然爽約，有時又會「無神神走咗去」，所以沒有放在心上。他又稱，E 神不曾試過接他下班，感覺 E 神有異，因為在對話中「覺得 E 神把聲好似唔開心！」但阿咩強調 E 神當時說話清晰，不認為他吸食完毒品。

當阿咩知道 E 神失蹤後，立刻通知其他朋友，他們相約到柴灣貨倉對開岸邊及石壆尋找 E 神，但始終找不到他。

看過 E 神的朋友作供後，是否對本案有更清晰的脈絡？若果細心觀看的話，會發現有位朋友是沒有作供的，那人便是雞仔，即是朱古力前男友、也是 E 神的前「大佬」，家屬曾經向裁判官

提出想把雞仔傳召到庭作供，但裁判官認為證供對案件協助不大，
所以雞仔是沒有任何證供的。

File A

　　最令家屬放不下的，除了是 E 神的死因，還有他的驗屍報告。現在與大家談談 E 神的驗屍報告，並看看三位法醫的不同看法。

　　首先作供的是政府高級法醫 L 醫生。2012 年 8 月 1 日，L 醫生為 E 神進行驗屍，由於遺體已浸泡在海水裡良久，所以不能以量度屍體溫度作鑒定死亡時間的根據，只能憑屍體腐化程度及失蹤時間來推斷死亡時間，最終 L 醫生將 E 神的死亡時間定為 7 月 28 日晚上十時二十二分。

　　在報告中 L 醫生特別提及到 E 神頸上的傷痕，這道橫向傷痕位於 E 神前頸中部喉骨位置，傷口長達六厘米，起初以為是由利器所造成，但經檢驗後，僅屬表面傷痕，沒有傷及血管和神經線，L 醫生強調不會使傷口大量出血，有可能是 E 神墮海時碰到其他物件而造成。傷口有些部分呈鋸齒狀，推斷是被海洋生物啄食所造成。另外，由於屍體已浸泡在海水裡一段時間，所以分辨不到傷痕是在生前還是死後造成。此外，E 神身上並沒有發現任何瘀傷、被勒、打鬥及其他明顯傷痕。

　　L 醫生稱沒有看過 E 神剛剛被打撈上岸的相片，證物相片上顯示 E 神的皮膚多處呈現紅色，而且鼻及口部均有血液流出，當 L 醫生為 E 神解剖時，全身多處都呈現綠色，屬於中度腐化，原因是當細菌開始分解血色素，皮膚會先呈現紅色，其後便會變成綠色或啡色。

至於 E 神內臟方面，器官並無大礙，唯獨肺部有水腫及膨脹，氣管有泡沫分泌物，顯示 E 神墮海時仍有呼吸，溺斃的機會比較高。

另外屍體會發脹，是由體內細菌分解後氣體積聚所造成的，令身體內有一定壓力，所以眼部凸出。此外膀胱內沒有尿液，可能是屍體內有壓力使尿液迫出，也可能是死後導致身體肌肉放鬆而排出尿液所致。

經過解剖屍體後，L 醫生的結論是因屍體腐化而未能確定死因。L 醫生解釋完驗屍報告後，陪審團向專家提問。他們問到，E 神被打撈上岸時，在他的褲袋內發現一個破損至露出銅線的耳筒，如果 E 神是被這條耳筒線勒過頸部，又泡在水裡一段時間的話，皮膚會否裂開？會否形成頸部傷痕？L 醫生對此回答：「人體皮膚有彈性，所以不會裂開，但如果死者墮海時被耳筒線勒著頸，喺海水中浸泡一段時間，碰到其他物件的話，皮膚就有可能裂開（耳筒是在褲袋內找到）。」

陪審團又問專家：「死者頸上傷痕會否由塑膠外表的耳筒線所造成？」L 醫生回答：「可以造成，但死者若被勒頸至失去知覺，傷口應該會較長並延至頸部兩側。」

就著頸上傷痕，陪審團處理比較謹慎，再向專家發問：「頸傷有可能用膠索帶造成嗎？」L 醫生回答：「勒傷傷口，好少機

會只出現喺頸前，通常會延至頸部兩側。」

　　陪審團又問到：「死者會否服藥過量致死？」L醫生回答：「如果係服食過量藥物致死，死者身上未必有病理變化可以畀我觀察到。」

　　另外，代表家屬的R大狀問L醫生，E神身上顯示有其他不同瘀傷，是否有可能在生前造成？L醫生回答：「好大機會係屍體腐化令皮膚變色，令人產生錯覺認為係瘀傷，又或者係撞到崖邊岩石表面所致。」其後L醫生作供完畢。

　　下一名專家證人，是北愛爾蘭國家病理學權威——Dr. C，他沒有參與驗屍過程，憑著驗屍時所拍下的相片撰寫報告及作供，他同意政府法醫L醫生撰寫的驗屍報告結論：因屍體腐化，不能確定死因。

　　E神頸上的傷痕長六厘米，傷痕周邊並無「生命反應」（即若傷痕是死前造成的話，傷痕周邊應該會出現紅腫），認為傷痕是E神墮海死後才造成的，至於傷痕上有部分位置呈鋸齒狀，Dr. C認為該傷痕是被海洋生物咬成的。

　　在屍體上沒有發現任何刀傷及瘀傷，顯示沒有遭人襲擊或毆打，頸上亦沒有扼勒痕跡，故此Dr. C不同意頸部傷痕是由耳筒線所造成的。但Dr. C補充，E神身上可能曾有被人襲擊的痕跡，

但因遺體在海水中腐爛而使痕跡被掩蓋。E 神手部受傷，相信是墮海時撞上粗糙物所致。

Dr. C 解釋完自己撰寫的報告後，陪審團便向專家發問：「點解傷口呈一直線，而且傷喺頸上？」Dr. C 回答：「死者係水中背向天，呈弓形，下巴擋去頸部上方，而頸下則有衣服掩護，所以傷口喺頸部嘅中間位，非不尋常！」Dr. C 作供完畢。

下一位作供的專家，是香港大學病理學系副教授、前政府法醫──Dr. B，他是家屬方自行邀請的專家證人，他應邀研究 E 神被打撈上岸及剖屍時拍下的相片以撰寫報告。Dr. B 認為屍體已腐爛，還有很多未知情況，令 E 神死因未明，建議家屬透過召開死因研訊來尋找答案。

報告重點說述 E 神頸上的六厘米傷痕，Dr. B 認為傷口整齊，應是由細長利器（刀、紙）所造成，強調「一定要好鋒利，一條線至剮到出嚟！」傷口屬於淺層，深度大約 0.2 毫米至 0.4 毫米，屬肌肉表面，沒有傷及氣管和血管，並不致命，推斷傷痕是 E 神生前造成的。Dr. B 加以解釋，雖然傷痕周邊沒有紅腫跡象，但不代表不是生前所造成，因為屍體浸泡在海水裡兩天，痕跡可能會褪淡。

頸部傷痕非由船隻螺旋槳造成，有些位置呈鋸齒狀，可以是由海洋生物（小魚）啄食所造成的，不會是由大型魚、鯊魚所造成，

因為大型魚都是以撕咬模式獵食。另外，Dr. B 又提到，除非「魚類排直線齊齊咬」否則不同意 Dr. C 所指「死者死後由海洋生物咬成直線傷痕」的看法。

E 神頭部沒有受傷，頸部沒有勒痕，腓骨沒有受傷。右手手臂表皮看似有擦傷。內臟方面，氣管有泡沫分泌，肺部內有水腫，相信 E 神墮海那刻仍有呼吸，但呼吸時間不長，Dr. B 補充，因屍體腐化，所以未能判斷肺部的水是吸入還是滲入。

至於胃部內沒有食物及水份（如 E 神清醒，遇溺時掙扎會喝下海水），所以 Dr. B 認為 E 神可能吸食過量藥物昏迷，使懂得游泳的 E 神墮海後無意識及無能力自救。

剖屍時拍下的相片中，顯示 E 神頭部左邊耳前近眼附近，皮膚呈現瘀黑色，Dr. B 解釋，不一定是由打鬥造成，有可能是屍體腐化所致。其實 Dr. B 就著這方面，還撰寫了另一報告，但裁判官稱，關於是否有瘀傷方面，法醫 L 醫生已經做了一些測試，結果是屍體腐化而使皮膚變色，而不是瘀傷，Dr. B 都立刻稱：「咁我呢方面無嘢可以拗！」

另外，有關 E 神死亡時間方面，之前 L 醫生稱，E 神死亡時間為 2012 年 7 月 28 日晚上十時二十二分，但 Dr. B 認為，量度 E 神死亡時間最準確的方法是量度體溫，而屍體腐化後是沒可能計算出準確的死亡時間，只能粗略估計，最多準確至哪一日死亡，

不能得出十時二十二分這精準結論。

　　Dr. B 解釋完自己撰寫的報告後，陪審團開始向他發問，若外表有塑膠的耳筒線，能否造成死者頸部的傷痕？Dr. B 回答：「人嘅頸皮係會郁同有彈性，耳筒線係軟身，形成唔到咁直嘅傷口！」、「但係用耳筒線，施加兩公斤力，就足以將一個人勒暈，甚至勒死，因為血液從動脈泵上腦部，當頸部被勒令靜脈關閉，就會導致血液不能回流而缺氧，人就會暈，但本案死者頸上無勒痕。」

　　最後，陪審團也問到，頸部傷痕有可能是魚絲所造成嗎？Dr. B 回答：「人嘅皮膚有彈性，用魚絲唔會剝得咁直咁靚！」其後 Dr. B 作供完畢。

　　毒理專家作供時證實 E 神的血液樣本內，驗出高濃度氯胺酮、止痛藥撲熱息痛及抗抑鬱藥氟西酊成分。專家 Dr. A 分析，E 神體內的 K 仔分量，是超出一般吸食者份量，屬於非常高劑量，至於為何 E 神會一次性吸食過量 K 仔，專家亦解釋不到，因為一般吸食者吸食至興奮狀態時，正常便會停止吸食，直至藥效散去才會再吸食以保持興奮狀態。

　　在前往柴灣貨倉沿路的閉路電視影像所見，E 神行走時並沒有出現異常狀態，專家認為他不像服食完過量藥物，因為報告顯示 E 神體內的 K 仔份量是足以令他進入昏迷狀態，亦不能行走。

所以專家猜測 E 神有可能在被迫的情況下吸食過量 K 仔、或被人餵食、亦有可能注射了過量毒品，但屍體上並無發現針孔，所以排除被注射的可能。

另外，本案還需提及閉路電視方面的證據。警方和家屬方都各自找了閉路電視錄影片段呈堂，大部分片段均顯示，E 神前往柴灣貨倉時及到達柴灣貨倉後，狀態是清醒的。

法庭傳召東區重案組探員 H 出庭作供，他曾將閉路電視影片放大及以慢播模式查看影片，並撰寫了報告，認為閉路電視所拍攝到的海面出現水花畫面，猜測 E 神墮海並確定 E 神墮海時間。又稱閉路電視片段中並沒有發現可疑人物或不尋常事件。

但精明的陪審團質疑，警員所謂的水花不是水花，而是雪花，因為片段的解像度實在太低，又稱：「咁遠都睇唔到水花！」警員解釋：「可能係水花，又可能係其他嘢！呢個係一個推斷，我都唔肯定！」

另外，陪審團亦質疑警員指片段中身穿白色衣服的人士是 E 神的說法，陪審團認為該人士根本不是 E 神，因為 E 神事發當晚是穿著黑色上衣。

再值得一提的是，警員在首天作供時，因為不太了解閉路電視片段詳情，曾被裁判官形容：「睇唔出警員嘅證供對法庭有乜

幫助……」

　　以上都是從實證及理據方面觀看此案件，而所有人證、物證、報告亦已經呈堂。

談到審訊的聲尾,亦即是結案陳詞,死因庭只有家屬方需作結案陳詞,這與其他刑事、民事審訊有所不同,另外還有研訊結果,親友們花五年時間努力追尋真相,結果如何?我們繼續看下去。

R大狀的陳詞,由這裡開始:E神,案發時十六歲,重讀中三後便輟學了,他平易近人,為人隨和,對人有禮,受鄰居及朋友愛戴,喜歡釣魚及遊泳,有沉靜亦有好動一面。

E神是家中獨子,得到父母疼愛,父親長期在國內工作,父子見面時間雖少,但感情不錯。與母親的關係,更好得不能形容,雖然母親不是他生母,但一直視如己出,做足一百分的繼母,十分難得。

大狀認為年輕人任性妄為,E神也不例外,有定時濫用K仔的習慣,亦與黑社會組織扯上關係,他並沒有向父母提及,這也是能理解的,因為父母通常是最後一刻才知道子女最壞的一面。

朋友之間,E神雖然曾與朋友一起服食K仔,但E神亦在朋友中得到關心,朋友見他走歪路,即時加以勸告、提醒,當發現E神失蹤後,朋友又自發到柴灣貨倉附近岸邊找他,第一晚他們撲空了,第二晚再去尋找。

感性的開場白後,R大狀再以理性角度陳詞。大狀向陪審團

提及各人證供、證物等，叮囑特別留意幾方面：死者的死亡時間、頸部傷痕、身體上是否有瘀傷、手背有擦傷、某朋友作供時「選擇性失憶」，又叫 E 神母親不要報警、閉路電視片段顯示 E 神到柴灣貨倉時是清醒、沒有異樣等，大概將本案的來龍去脈清楚地說多一遍。

大狀稱，裁判官會向各陪審員發出指引及總結本案，期望裁判官會給兩個裁決選擇給陪審團考慮，一是死者死於意外，二是死者死因存疑，而家屬方想得到的結果，當然是死因存疑。

五年來，家屬都接受不了 E 神是死於意外這個說法，尤其 E 神母親，每次當我到庭聽審時碰見她，她總是愁眉深鎖，像有很多心結、心事不能解開，常常低頭哭泣，令人心酸。

「寧願得唔到答案，都唔想得到個錯嘅答案……」我腦內仍縈繞著家屬這句話，看出他們對追尋真相的渴望是何等強烈，一群親友鍥而不捨為後輩追尋死亡真相的故事，實在令人有許多反思及感受。

本案經死因裁判官總結及引導後，決定給兩個裁決選擇給陪審團考慮，一是死者死於意外，二是死者死因存疑。

陪審團退庭商議後，一致裁定，死者 E 神，死因存疑！

宣佈結果後，親友們都喜極而泣，向陪審團道謝，場面感人，認為不是裁定死於意外便「當贏咗」。

然而，這個理想結局中，應該有更理想的結局。

t Officer, Steg

Year Honour of

the Most Excelle

an Officer of

of the British

a. 1/65, of;

ciation, Lord

8th, and

lease No. 4/65

File A ☐　　**File B** ☑

**** case no HC▓▓▓▓ 20****

私影少女虐殺記

「冰」不厭詐

女學護傷人案

謀殺案之終極審判

瀝源女護衛殺夫案

一宗少女被虐殺案件，正式在高等法院開審，由於此案太多證物與報告，控方讀了一天沉悶的控辯雙方同意事實後，進入證人出庭階段，驚嚇故事亦準備上演。

被告 F，涉嫌謀殺十五歲女子 B，於 2014 年 12 月 9 日被警方拘捕。

早在年少時 F 已是常被欺凌的對象，他做過幾份工作，包括維修技工和搬運，曾有賭博習慣，現在已婚，與太太、岳母同住在旺角一單位。案發時無業，失業前於滙豐銀行工作七年，他形容這七年裡極不如意，與同事不能溝通，長期被同事羞辱，更被人身攻擊，甚至恥笑他身形矮小，長期積壓的壓力一直令他耿耿於懷。

後來 F 開始在電話交友程式中認識朋友，B 在同一程式中自稱職業為私影模特兒，F 因不曾聘請模特兒進行私影，在好奇心驅使下便將 B 添加為 WeChat 好友及與她對話，認識幾天後，F 相約 B 外出私影，酬勞為港幣五百元，第一次因 B 沒空而告吹。翌日，F 再次相約 B，B 初時因左眼發炎而拒絕，但後來應約，於是 F 便約她 2014 年 12 月 8 日於旺角朗豪坊相見。

見面前，F 先到櫃員機提取了港幣六千元，然後獨自在旺角物色適合私影的睡衣造型；他嫌普通店舖的女裝睡衣太過平俗而沒有興趣，後來到了朗豪坊的女性內衣店挑選，不過他又認為款

式太過性感，故此沒有選購。

接著 F 乘電梯返回地面，在朗豪坊正門外等候 B，當時她遲了十五分鐘才到達。B 當天穿著黑色羽絨外套、紅色短裙及絲襪，身上揹著一個豹紋背包⋯⋯她以 WeChat 訊息告訴 F：「已到達，我著紅色裙」，於是二人相認，F 留意到 B 化了淡妝，B 的身高還比 F 高大約半個頭。

二人相認後再到朗豪坊的女性內衣店選購睡衣，但 B 覺得那些睡衣太性感，所以沒有收穫，反而告訴 F：「我帶咗套聖誕衫出嚟影相」，於是二人離開商場。

因為 F 聽聞網上很多人會爽約，所以當時他沒有帶備相機赴約，F 致電家人以確定沒人在家，雖然家人電話未能接通，但他還是帶 B 到寓所取回相機。到達 F 的家門前，B 不敢入內，最後要 F 叫她進去，然後關上大門。

在單位內，F 盼咐 B 穿上自備的「聖誕衫」，但 B 不肯。此時，F 形容自己：「我自揭瘡疤講起依家失業，之前份工好唔如意，同事有權力，所以自己只有齋做，同事唔滿意你，你做乜都無用！」

面對著陌生男人突然說起自己的苦難史，B 回應一句：「我啲錢都係嚟得快去得快⋯⋯」這句話觸動了 F 的神經：「當時我

好嬲，對世界好憤怒！淨係做嘢唔會做死，係受同事氣好辛苦！」

之後，F 稱突然把 B 當作是自己同事，將多年來積下的壓力，發洩在 B 身上。

首先 F 在客廳取了一瓶將快用完的玻璃瓶裝蕃茄醬，正面向 B 的頭部重擊了兩下，B 反抗時推開 F，F 手部因此受了皮外傷：「B 瞓咗喺地，我就喺電視組合櫃攞攞透明膠紙將 B 嘅雙手纏咗個圈，然後將 B 嘅雙手壓喺臉上，再用透明膠紙將雙手連頭部一同纏咗幾個圈⋯⋯」

透明膠帶經 B 掙扎後鬆開，F 將數條尼龍索帶接駁在一起，把 B 手部連頭部一同纏起來，期間遇到 B 反抗，F 再用蕃茄醬瓶擊向 B 頭部，糾纏間，F 已記不起向 B 頭部重擊了多少次。

其後 F 用膠帶把 B 的手與頭纏在一起，走進睡房取出一支潤滑劑（KY），他在 B 的屁股塗上 KY 後，又取出一瓶喝剩五分一（約 250 毫升）的鹿茸大補酒，打開瓶蓋，將瓶口塞向 B 的肛門，還進進出出的移動酒瓶十多次。拿出酒瓶後，酒便從 B 的肛門流出來，F 看見此情況便拿取藥水瓶蓋塞進 B 的屁眼，防止酒再流出來。突然 F 想灌醉 B，所以又將剩餘的大補酒倒向 B 口中，結果 B 沒有醉倒，F 感到驚訝：「因為我平時自己飲嗰陣都會醉。」

在控制到 B 後，F 又拉下 B 的絲襪與內褲，用舌頭舔 B 的陰

部大約十多秒，弱弱的 B 說：「我會照你意思做，做乜都可以，會令你好舒服，你唔好再打我……」

可惜 F 並沒有理會，還不停望著掛在牆上的時鐘，擔心家人突然回來。另一方面，他稱「收唔到科、無退路」，便將尼龍索帶套在 B 的頸上，這時 F 感覺到 B 的呼吸及心跳都開始變慢。

接著，F 便趕快將 B 放入家中一個螢光綠色的行李箱內，把 B 的物件、鞋放進她的豹紋背包內，把背包藏在睡床縫隙，另外把 B 的手機在取出電池和電話殼後用紅色膠袋包好，放進冰箱以防家人發現。F 用毛巾清理地上的血跡後，趕快帶同行李箱出門，以運走 B。

F 把行李箱拖離寓所，形容行李箱：「好重！好重！好重！真係超級重！因為 B 高過我半個頭！」

在寓所附近的廣東道，有間豪畔酒店，F 早前已得知房租為港幣五百八十元，因為路程只需五分鐘，於是他把行李箱拖到那裡。到了酒店櫃檯登記租房，需要預付港幣二百元作按金，當時 F 的錢包內只有一張一百元，其餘都是五百元鈔票，職員因未能找續，所以只收取 F 一百元作為按金。

到達四樓的酒店房間，F 把行李箱拉進房間後，便把箱內的 B 抱出來，放到雙人床上，F 形容 B 已經完全沒有知覺和反應，F

說：「已經搞到咁嘅田地，橫掂都係，唔好嘅，但又唔應該講『唔好嘅』，總之我就係咸濕⋯⋯我除咗 B 嘅紅色裙、絲襪、底褲，然後打開 B 雙腿，將陰莖插入 B 嘅陰道，同佢做咗（做愛），又將陰莖插入佢肛門肛交，當時無戴套（安全套），過程維持咗幾個字時間，直至我射精就停止。」

完事後，F 穿回褲子，拿著 B 的裙子、絲襪和內褲，掉進酒店門外的公眾垃圾筒，其後他看見街上的租房（床位）單張，欲租房：「諗住收埋 B，我諗佢一陣就醒返⋯⋯租一日酒店五百八十蚊，租十日就要五千八百蚊，好貴⋯⋯」

他致電單張上的電話號碼，然後前往觀看，F 形容房子很細小，只有一張床和一部細小的電視機，F：「房東講長租租金每月一千六百蚊，短租就要二千蚊個月，我諗住短租，問房東可唔可以平啲，但佢企硬唔肯減價，我見個位又唔太喭心水，所以都係諗下先，最後冇租到⋯⋯」

看完房子後，F 又返回酒店，「同 B 做第二次（做愛），做到射精，當時 B 完全無反應，之後就入沖涼房用清水沖身，著返衫褲⋯⋯」然後 F 致電太太相約吃晚飯，因為覺得家人工作辛苦，最終 F 與太太當晚到油麻地港鐵站 A 出口附近的餐廳吃海南雞飯。

距離吃晚飯還有一段時間，因此 F 先回到寓所處理 B 的物件，把 B 的八達通、聖誕造型衣服、鞋、電話機殼、電話電池，放進

B 的豹紋背包內，然後將背包及物件分別掉進幾個公眾垃圾筒。至於當日 B 所穿的黑色羽絨外套，F 稱：「件羽絨扰咗好嘅，我行到甘芳街尾嘅遊樂場對面，畀咗露宿者！」

當晚，F 與太太一同晚飯，然後回家，看電視期間太太發現他受了傷，便詢問傷勢由來，F 回答是在樓梯跌倒，之後他與太太傾談起來，太太的一番說話令 F 哭起來，太太說：「每晚都想見到你，搵唔搵到錢唔係問題，暫時無嘢做都唔係問題，要做個好人，你係屋企一份子，唔好要人擔心你……」F 稱，失業後近一年，都由太太負責繳付房貸，形容太太和岳母是好人，自己最差，但強調在公司裡只有自己是好人。

翌日早上七時半，太太出門上班，F 在家中取出兩個紅白藍尼龍袋，放到自己的背包內，之後到朗豪坊附近，向清理建材的嬸嬸以二十元買了一束特大黑色垃圾袋，又用一元買了塊 A3 尺寸的紙皮，F 稱：「自己蠢過人，自己都睇到，所以買黑色垃圾袋用嚟袋住 B，包多幾個（袋），咁就唔會俾人摸到紅白藍膠袋裡面嘅係人，而紙皮係用嚟墊底，墊住個袋底……」

之後，F 返回酒店房間，隱約嗅到一陣異味，他很清楚知道，這種氣味是由 B 身上傳來的，又見到 B 身和腳有一些紅點，認為那是屍斑。

於是他用三個黑色垃圾袋包裹 B，然後打開第一個紅白藍尼

龍袋，先用紙皮墊底，將 B 以頭向地的方式放進紅白藍尼龍袋，之後再打開第二個紅白藍尼龍袋，套進第一個尼龍袋外，然後拉上拉鏈。

由於屍體經紅白藍尼龍袋包裹後的體積太大，早已不能放回行李箱內，加上非常重，於是 F 先離開酒店房間，到附近的砵蘭街垃圾站，F：「我畀六十蚊阿姐（清潔工人）借手推車，阿姐話唔使畀錢，垃圾站同酒店距離三個街口，我就推住 B 去砵蘭街垃圾站，然後將尼龍袋搬上綠色大垃圾車，真係好重，有個阿姐（清潔工人）幫手，阿姐問我『袋嘢咁重係咪磚頭嚟？』我答佢『唔係啊，係雜物嚟！』」

棄屍後，F 回到酒店退房，F：「個阿姐（酒店職員）畀返二百蚊按金我，我話『唔係喎，你噚日收咗我一百蚊按金咋喎，唔要你蝕錢。』個阿姐講唔該……」

然後，F 就將螢光綠色行李箱拉回寓所，將行李箱打開散味，其後他致電給媽媽，相約媽媽到快餐店吃早餐，F：「嗰刻我諗，事情過咗去，我想做好人，有無做返好人嘅機會呢？」

與媽媽吃過早餐後，F 到了遊戲機中心觀看別人打遊戲機，然後回家，誰知道探員早已在寓所門口等待他：「我知錯喇；我錯手殺死對方，我心感痛苦……怕影響到身邊人，奪去一個無辜生命，相識幾日，覺得好錯……」

　　原來在當日上午九時許，B 的屍體已在垃圾站被清潔女工發現報警，由警方接手調查，迅速鎖定 F 為疑兇，F：「想件事無人發現，重新做人，點知天網恢恢俾人發現咗，係應該嘅，我要接受返自己做過嘅嘢……」

　　由法醫撰寫的驗屍報告能清楚了解 B 的死因。2014 年 12 月 9 日，清潔工人於上午九時發現屍體，法醫奉命到砵蘭街垃圾站為屍體進行檢查。

　　法醫先從綠色垃圾車上搬取藏屍的尼龍袋到地上，打開兩層尼龍袋後，屍體被黑色垃圾袋包裹著，再打開黑色垃圾袋，發現一具女屍，法醫稱屍體偏瘦，為亞裔少女，上半身穿著少量衣服，下半身赤裸，經直腸探溫後認為 B 的死亡時間不多於一天，約為二十小時內，屍體將運到葵青公眾殮房等候驗屍、解剖，以鑑定死因。

　　翌日，署理法醫科高級醫生 K 為 B 的屍體說話，法醫稱發現 B 時，姿勢像未出生的嬰兒，雙腳摺曲，手臂屈曲放在臉前，前臂與頭部被多層透明膠帶捆在一起，法醫沒有計算膠帶實質數量，但稱數量非常多，膠帶亦直接遮蓋著 B 的口鼻。

　　法醫拆開膠帶後，又發現大量黑色膠帶封實 B 的口鼻。另外發現頸部有尼龍索帶。法醫稱，先以膠帶捆綁口鼻，再加尼龍索帶套緊頸部，此舉會比只捆綁膠帶更為加快其窒息速度，最快可

於幾分鐘內死亡。

法醫於死者頭部,合共發現有十處被鈍物或硬物擊打的損傷、裂傷及瘀傷,但這些傷痕並非致命傷。至於頸上有擦損、瘀傷、勒痕,當中顯示曾遭用力勒頸,此為可致命傷。另外下巴有瘀傷、上嘴唇有擦傷、手指有擦傷、陰部無新近傷痕、大腿有屍斑,而腳踝有尼龍索帶套緊,陷入皮膚組織。

重點是,F 曾於錄影會面中,提及兩度姦屍時均有進行肛交,又曾將鹿茸大補酒瓶頸塞進 B 的肛門內,究竟這些行為,對器官造成甚麼傷害?以上行為導致 B 肛門受傷、黏膜撕裂、有微小及表面新近傷痕、血跡,法醫認為這些傷勢是由肛交或硬物(酒瓶頸)插入肛門而造成的。

此外,F 為防止大補酒從 B 肛門流出,曾將一個藥水瓶蓋塞進 B 肛門。法醫稱,在垃圾站內對屍體進行初步檢查時並未有發現任何瓶蓋,直至解剖時於 B 直腸上半部、大約距離肛門十厘米位置,發現該瓶蓋。

毒理化驗方面,B 的血液和尿液樣本中,均驗出大量酒精成分,但未能確定酒精濃度,法醫稱 F 向 B 肛門灌酒,會令她吸收酒精,最嚴重會導致失去知覺。

死因鑑定為 B 因窒息導致腦部缺氧,因從傷勢判斷出 B 被膠

帶覆蓋口鼻以致不能呼吸、被尼龍索帶或用手勒斃。最後，解剖結論認為 F 的口供與死者傷勢及死因吻合。

審訊中段，辯方大狀突然向法庭申請 F 因精神問題，不適宜審訊及答辯，根據《刑事訴訟條例》75 條，要求陪審團裁定 F 不適宜答辯及無能力繼續進行審訊。

在這情況下，原本審訊中的陪審團需重新宣誓，接受新任務：根據早前呈堂證供、將會出庭作供的精神科醫生證供，考慮 F 是否適合在審訊中答辯。若果陪審團認為 F 適合答辯，法庭需另選陪審團，即是案件需要排期重審。

另一種情況是，陪審團認為 F 在現階段不適合答辯的話，那現有陪審團便需對 F 所干犯的謀殺罪作出裁決。

陪審團需要根據下列標準，對 F 裁定是否適合答辯：

（一）是否明白控罪？

（二）有能力決定認罪或否認控罪？

（三）遴選陪審團時，是否知道有權利運用挑戰權？

（四）是否有能力給指示予代表律師？

（五）是否明白審訊過程？

（六）是否有能力出庭自辯作供？

　　經過數名分別代表控方及辯方的精神科醫生作供後，陪審團裁定 F 適宜答辯，案件需要排期重審。

　　案件於 2018 年 2 月 26 日再度開審，選出新的陪審團裁決 F 是否干犯謀殺罪，控方像第一次審訊時舉證一樣，將原有證物呈堂，並將原有證人又再傳召出庭作供多一遍，舉證完畢後，F 選擇出庭自辯，把整個故事說一遍，最後經控辯雙方結案陳詞、法官總結及引導陪審團後，陪審團開始退庭商議。

　　陪審團經過三小時商議後，一致裁定被告 F，謀殺罪名成立，法官依例判處被告終身監禁。

File A ☐　　File B ☑

case no HC 20

私影少女虐殺記

「冰」不厭詐

女學護傷人案

謀殺案之終極審判

瀝源女護衛殺夫案

當高院沒有大案審理，我就會發掘案件觀看，其中「販運危險藥物」案，也在選擇之列，朋友常問：「販毒你都睇？有乜好睇呀？咁悶⋯⋯」其實販毒案也有精彩及值得學習之處，究竟憑甚麼去辯護？爭議點是甚麼？又依賴甚麼因素才能使販毒疑犯入罪呢？現在跟大家看一宗販運危險藥物案。

本案被控販毒的女被告 D，原居地廣州，認識兩名馬來西亞籍男子，化名分別為「大衛」及「IK」，他們是貿易商人，經常在廣州採購貨品，會請 D 替他們寄貨物給海外客戶。

後來，D 與大衛發展戀情，大衛向 D 透露 IK 是他的親兄弟，其後 D 繼續替大衛運送貨物到海外。另外，D 先後四次親自為大衛及 IK 帶貨品樣板經香港國際機場轉飛至馬來西亞吉隆坡，途中曾被海關檢查行李，經檢查後並沒有觸犯任何法例。

可惜，D 與大衛的戀情，隨著大衛回到馬來西亞生活而疏遠，直至有一次，D 與友人在廣州逛街，偶遇 IK，D 向他打探大衛消息，更問 IK：「點解大衛咁耐都唔返嚟廣州？」

此時，IK 回答 D：「其實我唔係大衛親兄弟，我哋只係同一個鄉下，而且大衛已經結咗婚，仲有仔女。」D 頓時晴天霹靂，愛人原來是有婦之夫，傷心透了。

其後，IK 向 D 展開熱烈追求，D 最終接受，她形容雖然在愛

情方面不至於百分百信任對方，不過仍會選擇相信他。在 2015 年 10 月，IK 曾叫 D 一同到馬來西亞生活，「妳跟我走啦……」但適逢中國國慶連續九天假期，D 未能及時領取簽證，所以把行程押後了。

後來，身處馬來西亞的 IK，要求 D 替他帶貨品樣板到馬來西亞，在 D 答應後 IK 便匯款到廣州朋友的銀行戶口，以替 D 支付往馬來西亞的機票及酒店房租費用，直至出發前一天，IK 的朋友才與 D 交收機票及貨品樣板。

D 稱自己並不認識 IK 的朋友，由於那朋友是名黑人，二人需以簡單英文溝通。見面後，該朋友打開一個較大的布造行李箱，把貨品樣板放進行李箱內，當中包括四對童裝鞋子、四個紫色背包。D 指自己內心不太相信那黑人，害怕貨品樣板是冒牌貨或違禁品，所以她有略略檢查那些樣板，但當時沒有發現任何異狀。

翌日 D 開始行程，她先乘坐飛機到香港國際機場，準備轉機前往吉隆坡途中，D 被機場海關人員截停要求檢查行李，打開布行李箱後，海關人員發現當中四個背包有針線縫紉的暗格，在割開後，分別取出四袋鋪平以膠袋包裝的晶狀物體，經快速測試後，證實為冰毒，海關當場拘捕 D。

案件於高等法院開審，D 被控「販運危險藥物」罪，經政府化驗師化驗後，冰毒總重量為一千九百八十三克，冰毒純重量為

一千九百三十四克。

面對如此嚴重的指控，D 在庭上作供時也顯得一臉無奈，認為自己被男友 IK 利用，說到這裡，她便哭起來。D 稱被羈押後，再沒有 IK 音訊，她心知被 IK 及黑人陷害了。

然而，控方的論點，是 D 知道她所運送的是毒品，辯方爭論點當然是被告人「絕不知情」。

案件重要之處——是法官總結及引導陪審團。法官稱，控方舉證程度，是要令陪審員「肯定」被告人有干犯該罪行，才可判定被告人有罪。如果陪審員「不肯定」被告人有干犯該罪行，即控方舉證未達至舉證標準，基於疑點利益歸於被告，便要判被告人罪名不成立。

另外，由於香港行使普通法，在被告人被定罪前，他／她們都是無罪的。控方需提出證據證明被告人有罪，而不是被告人證明自己無罪。

對於被告人被羈押，陪審員亦不應對被告人有不良印象，因為被告原居地不是香港，另外會按案情嚴重性而作出目前的安排。陪審員必須根據庭上證據、證供、控辯雙方同意事實、被告與海關的錄影會面等因素而對案件作出裁決。

此外，證人作供範疇，陪審員可選擇相信哪些證供，不相信哪些證供，亦可選擇接納部分證供。法官稱，記憶會隨時間流逝、忘記，證人可能記不起部分事情或枝節，這也不足為其。有些人教育水平及表達能力較低，但不等於那人在說謊。相反，有些證人雄辯滔滔、能言善辯，亦不等於那人所說的就是真相。此外，若果證人身份是紀律部隊成員的話，陪審員也不可先入為主，不應認為他們的證供比較可靠可信，要把他們當作是普通人看待。

最重要的是——本案依賴甚麼元素才能使被告入罪？「販運危險藥物」犯罪元素有四點：

第一，被告人管有該項物件。管有定義是物件實際保管的人、並在那人的控制中，而那人有意圖控制及保管該物件。但注意「管有」不等如「擁有」。在本案中，被告人是一直拖著裝有冰毒的行李箱，所以此點成立。

第二，若果認為被告人管有該物件，可繼續考慮下個元素：被告人是「肯定」知道行李箱的背包內藏有四包「東西」，注意只是「東西」，陪審員若果不肯定被告是知道該四包「東西」存在的話，不能裁定被告有罪。

第三，若果陪審員認為被告對四包「東西」是知情的話，便要考慮以下元素：被告是否知道四包「東西」是毒品？不一定需要知道是冰毒，任何一種毒品也可以。但若果陪審員不肯定被告

知道那四包是毒品，又或者被告只知道是違禁品（例如冒牌貨，但並不是毒品）的話，便要裁定被告無罪。

第四，若陪審員認為被告是知道那四包是毒品，便要考慮最後一個元素：目的是否作販運用途？本案控辯雙方同意事實指出，從被告行李搜出的冰毒，約兩公斤，市值約五十八萬多，無可置疑是作販運用途。

所以定罪元素，需同時符合第一至第三點，陪審員便可裁定被告有罪。

經過陪審團商議六小時後，比數膠著在四比三，未能達成有效裁決，並認為法官再給時間商討亦不能達成共識，於是法官下令解散陪審團，案件需要排期重審。

直至 2018 年 7 月，案件於高等法院再度開審，經審訊後，兩男五女陪審團，退庭商議兩個多小時後，一致裁定被告 D，販運危險藥物罪名不成立。

t Officer, Steel

Year Honour of

the Most Excelle

t an Officer of

of the British

d. 1/65, of.

ociation, Lord

the 8th, and

elease No. 4/65

File A ☐　　File B ☑

***Case no HC••••• 20**

~~私影少女虐殺記~~

~~「冰」不厭詐~~

女學護傷人案

~~謀殺案之終極審判~~

瀝源女護衛殺夫案

　　還記得舉行婚禮時，證婚律師總會讀出一段莊嚴和神聖的忠告：「在兩位結為夫婦前，本人在職責上要提醒你們：根據《香港婚姻條例》締結的婚姻是莊嚴而有約束力的，在法律上是一男一女自願終身結合，不容他人介入……」

　　夢幻過後，總會有人會忘記誓言，「一生一世照顧你」、「對你忠心不二」等誓言拋諸腦後。一段被男主角形容為「沉悶」的婚姻，衍生出一段不倫之戀，被妻子揭發後仍與外遇藕斷絲連，結果釀成悲劇，最終要於法庭將關係公諸於世、解決雙方關係。

　　故事中的男事主 C，審訊時三十七歲，2000 年於香港中文大學畢業，主修化學，現於醫療產品及器械公司任職售貨員。C 與妻子於 1999 年認識，2011 年結為夫婦。

　　女被告 W，審訊時二十九歲，為家中獨女，父母已退休。曾於香港大學就讀副學士課程，2008 年曾與一名男子結婚，四年後分開，與前夫斷絕來往，但並沒有辦理離婚手續。案發時就讀護理文憑課程。

　　C 與 W 於 2015 年 1 月在 WeChat 上認識，同年 3 月 C 向 W 撰寫情書展開追求，更向 W 示愛：「遇到妳係我一生最幸福嘅事」、「掛住妳掛到瞓唔著」、「我唔理結果係點，而我亦已經有離婚嘅打算，我好想為妳任性一次」，W 被 C 的文字深深感動，雖然知悉 C 已有妻子，但情到濃時難以抗拒，最終二人發展成情

侶關係。

這段不倫戀，起初相當甜蜜，C 不時向 W 展露愛意，會撰寫情書給 W：「妳已經成為我努力工作的動力」、「希望早上起身第一眼就見到妳，辛苦工作後返到屋企，可以攬住妳，攬到好實」，又承諾會學習西式烹飪給 W 品嚐，又會送鮮花及戒指給 W，更經常接 W 放學、共進晚餐、駕車送 W 回家，二人亦有性生活。

誰知這段甜蜜戀情發展三個月後，C 的妻子發現 C 行為有異，於是查看 C 的 Facebook，發現丈夫向 W 留言說：「我好掛住妳」，一怒之下質問 C，C 直認有婚外情，承諾會處理與 W 的關係、與 W 分手，但需要一些時間，因為 W 有自殺傾向。最後 C 向 W 訛稱太太有了身孕並提出分手，於是二人暫時分開。

看似結束的不倫戀，在二人分手後七個月死灰復燃，全因 W 的一個 Facebook 帖子，「我赤著雙腳，踩在滿佈玻璃，無論流多少血，無論打幾多麻醉針都無用……」帖子觸動了 C 的心靈，擔心 W 的情緒。

於是，C 用 WhatsApp 向 W 表示會到其位於上水寓所探望她。2016 年 1 月 12 日傍晚，C 駕車到 W 的居住地，上水古洞某鄉村，C 將車子停泊後，需要步行大約四百米，才可到達 W 家。

由於 W 事前已知道 C 會前來探望，所以事先將門匙掛在門鎖

上，讓 C 可以自行進入屋內。C 進屋後，發現 W 正在睡房內睡覺，於是他為 W 打掃家居接近三小時。

到大約晚上七時，C 蹲下準備穿鞋離開。此時，W 醒來並從睡房走出來，從後向 C 淋潑不明液體，使 C 全身濕透，雙方開始糾纏，期間 W 扯脫 C 的外衣，再用火燒那件衣服，目的是不想讓 C 離開單位。

此時，W 突然取出一把餐刀，向 C 的腰背位置刺了一下，C 基於本能反應用手將 W 撥開，W 再用餐刀插向 C 的胸口近心臟位置三下，C 未能避開 W 的襲擊，開始失血、體力漸漸不勝負荷，C 在法庭作供時稱：「雙腳無力、行唔郁、流咗好多血！」

「我求佢（W）放過我，但佢無理會，我爬落樓梯，佢一直喺隔籬望住我爬，我不停爬，爬到大門鐵閘，經過鄉公所，終於爬到停車場，大概爬咗四百米。」

C 憶述：「當時我先醒起無車匙，我求佢（W）畀我走，但佢堅持要送我返屋企，佢唔肯（畀我走），再喺手袋攞把刀出嚟，向我右胸插多一下⋯⋯當時我已經無力反抗，只好畀佢揸車送我返屋企。」

「我爬上車，W 無即時開車，隱約聽到佢用我部手提電話聯絡緊一啲人，大約凌晨兩點出發返我屋企，佢揸車途中再用餐刀插我

右胸一下，我無力反抗，只好承受佢再插我一刀！」

　　之後，到達 C 的居住地，將軍澳某公共屋邨地庫停車場，當 C 以為可以回家時，W 坐在他的腿上，突然轉身用刀再刺他右邊胸口一下。

　　大約清晨六時，C 的父母到達停車場，當時 W 仍然坐在 C 的腿上，父母見車子內外都血漬斑斑，立刻報警求助，其後警方及救護員到場後將 C 送到將軍澳醫院接受治療。

　　2016 年 1 月 13 日，上午七時四十分，W 於將軍澳醫院被警方拘捕，她被起訴四項有意圖而傷人罪。地點分別於 W 位於上水的寓所內、其寓所附近停車處、車輛行駛途中及將軍澳公共屋邨地庫停車場，用刀分別四次共七刀刺向 C 而令他身體受嚴重傷害。

　　此外，W 亦被控一項刑事恐嚇罪。原因是當 C 答應給 W 駕車送他回家時，W 曾用 C 的手機，於出發前（大約凌晨一時五十分）致電給 C 的母親，除了告訴她將會送 C 回家外，還對她說：「我唔擔保佢齊全返嚟！」控方認為 W 在對話中恐嚇 C 的母親，威脅會使 C 身體受傷害，意圖令她受驚。

　　審訊時，控方傳召將軍澳醫院急症室醫生出庭作供。醫生稱 C 送院時的格拉斯哥昏迷指數 (GCS) 為十五分，即滿分，表示傷者當時是完全清醒，面部、雙膝、前胸壁均有瘀傷。

　　另外於胸腔及背部均有由利器造成的刺傷，利器刺進身體後拉出，使受傷肌肉會收縮，傷口深度會較深，大約是 1 厘米至 2.5 厘米，流血不算嚴重，但屬於非常緊急類別，於是啟動了創傷召喚，將 C 轉送至伊利沙伯醫院作進一步治療。

　　轉院後，醫生隨即為 C 進行檢查，經電腦掃描後發現有血胸及左腎有挫傷，需立刻進行心胸外科緊急手術。手術後，C 因持續發燒，需入住深切治療病房，於 2016 年 1 月 26 日才出院。

　　另外，政府科學鑑證主任作供稱，曾到 W 位於上水的寓所及 C 所居住的將軍澳公共屋邨地庫停車場搜證。W 的屋內佈滿血漬，經化驗後是 C 的血液。另外，案發單位內十分凌亂，亦發現一堆相信是衣服被燒過後的黑色殘餘物。

　　此外，於將軍澳公共屋邨地庫停車場，C 的私家車上，共取出十四枝血液樣本，其中六個樣本屬於 C，餘下樣本則混合了其他物質。在車位內發現一把餐刀、在被告 W 的手袋內亦發現另一把同款餐刀。

　　在法庭審訊中，一般是由控方證人先作供，本案的控方證人，毫無疑問是事主 C 本人。他作供時所提及的案件情節，我們在前文已了解過。現在談談辯方 Y 資深大律師對 C 的盤問，盡揭 C 與 W 分手後仍甜言蜜語，顯然是再見亦是戀人。

　　C 於庭上作供時形容他與 W 的關係是「感情上嘅缺失，情感上嘅出錯」，因感到 W 人生各方面有很多波折，她曾經試過自殺，C 相當同情及憐憫 W，所以分手後仍然想與 W 維持朋友關係、照顧 W，但這番說話被辯方大狀否定了。

　　辯方大狀將 C 於 6 月分手後傳送給 W 的訊息於庭上讀出：「事實上不是妳不能失去我，而是我不能失去妳，當我找不到妳，我到處找妳的朋友查詢，甚至想透過 Facebook 聯絡妳的家人，妳令我瘋了，我愚蠢及錯了」、「妳對我很重要，我愛妳，今天我來接妳放學」、「我非常掛住妳，唔能夠停止想妳」等。大狀舉證，除了顯露出 C 作供不誠實外，還揭露了一個重大的秘密。

　　原來 W 曾於 2015 年 9 月初證實懷孕，由於未能與 C 達成生育的共識，因此在同年 10 月 W 於沙田威爾斯親王醫院進行了一次人工流產手術。起初，當辯方大狀提及到這個範疇時，C 即時劃清界線，並稱：「唔係好記得！」

　　之後，大狀提供有關懷孕證明，又提供 C 與 W 間的文字對話，C 便不得不承認 W 懷孕的事，文字由 C 發出的如下：「不但愛上妳，仲有了 BB，我覺得自己超級過份……原來自己（C）咁 X 街……我覺得自己傷害咗妳同老婆及愛我嘅人……」

　　此外，當 W 在醫院進行人工流產手術後，C 在 W 留醫期間曾以文字訊息問候：「痛唔痛？」另外又替她買衞生巾請護士幫忙

轉交 W。

　　辯方大狀提到以上幾點，目的在於證明 C 作供時蓄意隱瞞、不誠實、不負責任、不是一個可靠的證人。

　　當所有控方證人作供後，區域法院暫委法官 K 認為控方表證成立，W 需進行答辯，她選擇作供，但不傳召任何辯方證人。

　　W 的供詞與事主 C 的大為不同。接下來，我們看看 W 説述的故事：

　　2015 年 6 月，W 與 C 的戀情被揭發，C 以太太懷孕為由與 W 分手。之後 W 出外旅行一星期，回港後得知 C 曾四周打探她的行蹤，又收到 C 傳來的短訊「我發現我唔可以無咗妳」所感動，於是二人再續前緣。

　　2015 年 8 月 26 日，W 發現自己懷孕，並於 9 月初將消息告訴 C，卻換來 C 的一句：「我哋係咪應該趁早解決（即人工流產）咗佢？」

　　説到這裡，W 已在庭上哭起來，激動地説：「我當然想要個 BB，因為要尊重生命，如果我唔要個 BB，我以後喺醫院點救人？」但二人為 W 懷孕一事商討一星期後仍未達成任何共識，W 基於不想為 C 添加更多壓力，所以尊重 C 的決定，於 10 月到醫

院進行人工流產手術。

W稱知道C不是真心愛她，只是想為墮胎一事作出補償，她曾對C說：「如果你唔鍾意我，你講聲我就走！」，但最終二人還是藕斷絲連。

提到案發當晚所發生的事，W稱C只穿內衣褲在單位睡房內睡覺，W在好奇心驅使下查看C的手機，發現C的WeChat內竟有數張援交少女的性感相片，她當時突然覺得C很陌生。

「我呆咗喺度，覺得好心寒。」W說道。當時W立即質問C是否有新女友，C否認後欲離開單位，W為求阻止C離開，大力扯下C的衣服並燒毀，C很憤怒，用雙手捏著W的頸部，W不停用手拍打C，最終C差點導致W窒息才肯放手。

之後W感到驚慌，便拿起生果刀自衛，C再用掛衣用的鐵支扽向W，W按本能反應用刀剌向C的左背一下，糾纏期間W也割傷手腕及弄傷膝蓋，C亦用腳「撐」了W心口一下，W才多刺了C幾下。

W稱，由於護理課程只是修讀第二學期中，還未懂急救，只懂「貼膠布」，原本欲送C到急症室，但C堅持回家，又說洗澡後便無大礙，於是W駕車送C回家，途中再也沒有傷害C，亦沒有恐嚇C的母親，也不知道手袋內有兩把餐刀。

其後 W 亦道出，雖然她和 C 之間激情不再，但她把 C 當作家人，即使案發後，也很想保護 C，儘管糾纏期間被 C 以餐刀割傷手腕，她也稱傷痕是由自己割脈造成的，自稱：「唔想搞大件事。」

審訊最後，灣仔區域法院暫委法官認為控方已能證明，在毫無合理疑點下五項罪行所有犯罪元素成立，被告 W 被判入獄三年八個月。

File A ☐　　File B ☑

case no. HC██████ 20██

私影少女虐殺記

「冰」不厭詐

女學護傷人案

謀殺案之終極審判

瀝源女護衛殺夫案

終審法院對一宗謀殺案，頒下了判決，身為法庭痴，當然要去見識一下，觀審行動是時候要「升級」了。

到終審法院觀審，與常去的金鐘高等法院有很大分別，先談談法庭內觀、人物、設施的不同之處。

眾所週知，終審法院大樓前身是立法會大樓。2011 年，立法會遷往添馬新立法會綜合大樓後，舊址便交由司法機構管理，前後花了 4.6 億港元將這被列為法定古蹟的大樓翻新後，成為現在的終審法院大樓。

走進終審法院地面大門，保安員會詢問來意，然後需由保安人員「拍卡」開門，讓我進入大樓的法庭。法庭位於一樓，大門的保安員會先向一樓的同事報告有觀審人士需要進庭，保安十分嚴密。到進入法庭前，保安員會再三提醒需要關掉手機，防止干擾法庭審訊。

走進一樓法庭，仿佛讓人走進歷史一樣，看見一個美得目不暇給的法庭，與高院的格局完全不同。法庭佈滿由花崗岩雕刻的石柱，充滿古羅馬和古希臘氣息，加上圓穹頂及燈光效果，令整個建築物的優雅氣氛更添層次。

法官座席與觀眾席都採用呈弧形設計，令每位人士都可清楚望見法庭每一角落。氣氛令人感到嚴肅且有壓迫感。犯人欄與高

院科技法庭的一樣，採用鋼化玻璃建造。

再看看人物，法庭書記裝束與高等法院的法庭書記不同，終審法庭書記需穿上黑色的袍子。另外，值得一提的是終審法院備有即時翻譯系統，書記會問在場觀審人士是否需要耳機及接收器，這是值得一讚的。

進入正題，談談審訊的內容。被告 S，審訊時 23 歲。2014 年時，因謀殺罪被判終身監禁。案情指，被告與所屬的幫會成員，一同去找敵對幫會其中一名成員復仇，當時他們帶備武器，分兩輛私家車（1 號車及 2 號車）尋找仇家，當時被告在 1 號車上。

本案於高等法院原訟法庭審訊時的證據指出，是 2 號車先找到那位仇家，車上的成員將仇家殺害，然後立刻通知 1 號車前來協助真兇逃離現場。

在原訟法庭審訊時，有兩項重點道出。第一，根據控辯雙方同意事實列出，被告根本沒有斬殺該仇家（即死者）。另外，當其他成員斬殺死者時，被告並不在場，只是參與及協助成員離開現場。

最後，經原訟法庭審訊後，陪審團裁定被告罪名成立，法官依例判處被告終生監禁。

入獄後，被告展開了漫長的上訴之路。先向高院上訴庭提出定罪上訴申請，被法官駁回。之後，被告再向高院上訴庭提出上訴，經三名法官會審後，認為案件涉及重大而廣泛重要性的法律論點，決定將案件交予終審法院處理。

　　其後，終審法院進行審理，代表被告的辯方大狀，引用英國2016年2月時的新案例提出上訴，當時終審法院首席M姓法官給予上訴許可。2016年，正式在終審法院就法律論點進行審訊。

　　控辯雙方的論點及爭論點為是次審訊著眼之處，控方指被告參與該行動時是預視了另一名成員意圖謀殺、或意圖令仇家身體受到嚴重傷害，但被告仍然參與行動，罔顧犯罪風險及默許另一名成員進行傷害行為，屬合謀犯罪，所以需承擔法律制裁。

　　至於辯方論點是被告預視到罪行但不等於有意圖犯罪。而且，沒有證據指被告曾做出導致死者死亡或嚴重受傷的行為，亦沒有證據指被告曾到案發現場。

　　終審法院的審訊與高院不同，終審法院著重法律原則、論點及觀點，而本案的法律論點議題是謀殺罪，夥同犯罪原則、犯罪意圖，以及英國的新案例會否改變香港沿用了三十年的「陳榮兆案」案例。

　　在香港，一直沿用「陳榮兆案」的法律原則，即是兩人合謀

犯案，其中一人於犯案期間再干犯另一項罪行，兩人在另一項罪行中同屬有罪。例如：Ａ君和Ｂ君本來合謀入屋行劫，但Ａ君在行劫途中殺了屋主，在這情況下，根據香港現有刑事法，不論Ｂ君是否有意圖干犯該謀殺罪，在法律原則下，一樣被視作干犯謀殺罪。

在英國，2016年2月曾就「合謀犯案原則」頒佈了新的詮釋。在「R.V. Jogee」一案中，英國最高法院裁定沿用多年的「合謀犯案原則」被錯誤詮釋多年，並需糾正錯誤。

就以上Ａ君和Ｂ君事項作例子，若Ａ君於行劫時干犯謀殺罪，而Ｂ君沒有參與謀殺行為下，則需考慮Ｂ君是否同樣有謀殺意圖，才能將Ｂ君一同定為謀殺罪。

將觀點套入本案來說，若香港跟隨英國「R.V. Jogee」新案例原則的話，被告Ｓ被判終身監禁的結局就有機會改寫，究竟五位法官會怎樣裁決呢？新案例會否改變香港法律有關「合謀犯案原則」呢？

答案是：不會！香港在「合謀犯案原則」這方面，仍然會採用「陳榮兆案」一例作標準。

而本案被告、家屬及朋友聽取判決後，都顯得非常失望，散庭後互相安慰，畢竟這次是終審法院的裁決。而令我難忘的是，

被告散庭後，押回犯人室前，遠遠的對其弟弟緊張地說：「探我！探我！」無論甚麼時候，親情也是最寶貴的。

　　既然已成定局，希望被告在服刑期間，重新振作、發奮圖強、多讀書、自我增值、做有意義的事，不要放棄自己，做個有用、善良的人。

File A ☐　　File B ☑

case no HC█████ 20

私影少女虐殺記

「冰」不厭詐

女學護傷人案

謀殺案之終極審判

瀝源女護衛殺夫案

一家人平平淡淡，樂也融融，與最愛的人一起生活，也是許多人夢寐以求的。事實上，又有多少人真的可以實踐到無憂無慮的生活呢？正所謂「貧賤夫妻百事哀」，以下這宗法庭審訊，就是來自一個家庭悲劇⋯⋯

被告K，內地人，審訊時五十二歲，1988年與前夫F（死者，香港人，去世時五十九歲）於內地結婚，翌年於當地誕下兒子C，C及K前後於1995及1996年獲批來港生活。一家團聚初期生活和諧，居住於沙田瀝源邨一個公屋單位，F於中國旅行社工作，任職外勤收件員。

1997年金融風暴期間，F被中旅社解僱，雖然獲賠償二十三萬遣散費，但F並沒有將該筆款項用於家庭開支上，失業後反而鬱鬱不得志，終日沉迷喝酒及賭博，於是這筆可觀的賠償金在一年多後便花光了。雖然F曾短時期任職保安員，但很快再度失業，在一次中風後行動變得不太靈活。

F開始喝烈酒，還經常喝醉，有暴力傾向，以粗言穢語辱罵K，更動粗虐打K，又強行與K行房，K只好無奈配合。其後，K決定不再與F同房，遷往兒子房間睡在地上。

有次F喝醉後情緒暴躁，便用菜刀砍破兒子房門，K雖然驚慌，但從未向外界求救，一直啞忍。另外，由於經濟問題，該房門一直沒有更換或維修，只好用揮春覆蓋在破爛的位置上。

　　面對這困局，加上兒子欠下財務公司款項，K 曾想過自殺，但因捨不得兒子，最終決定還是堅強面對生活。有段時間她一天做兩份工作以維持家庭開支，放工後還要打理家務，疲於奔命。有時收入實在太少，便向政府申請低收入家庭津貼，但經濟環境稍有好轉便沒有再領取津貼，寧願靠自己雙手賺錢過活。

　　到 2013 年，K 工作實在太辛苦，不能再支撐這個沉重的家，於是決定與 F 離婚，因為離婚後，F 可以申請綜援過活，亦能減輕 K 的經濟負擔。

　　二人離婚後，F 申請綜援，同時房屋署安排了一間位於元朗的臨時中轉房供 F 暫住，然後再等候調遷至其他公屋單位，但 F 嫌元朗太偏遠，於是 K 對他說：「如果你想喺度住嘅都可以，住到你分配到沙田公屋先搬囉！」

　　K 在庭上作供時稱：「雖然我同 F 無愛情，但有感情，我都樂意畀佢繼續喺沙田（事發單位）度住！」看來，K 是個有情有義的人，而且在庭上沒有把 F 塑造成魔鬼般為自己辯護或脫罪，她稱 F 只會在喝酒後才對她拳打腳踢。

　　自 2014 年 2 月起，K 於馬鞍山某屋苑任職保安員，雖然每天需工作十二小時，但由於上班路程不太遠，薪金也比舊工作可觀，故此她也喜愛這份工作。

直至 2014 年 3 月 3 日，工作了十二小時的 K，帶著疲倦身軀回家⋯⋯

進入單位後，她坐在椅上休息，F 立刻要求 K 買外賣給他吃，K 回答說：「我好劫呀，轉頭先買啦！」

誰知在毫無徵兆下，前夫竟然用一個又大又重的扳手；向 K 的頭敲了一下，當時 K 的前額已經受傷，頭破血流，K 形容流血程度是遮擋著整個視線，她立刻後退，無意中取得一把剪刀，她警告 F：「你唔好行埋嚟呀！我手度有鉸剪㗎！」然後 F 不加以理會，繼續走向她，於是 K 便用剪刀向 F 身軀亂插了幾下，使他受傷坐在沙發上。

此時，K 用手抹去了臉上的血，看見 F 被自己插傷，急不及待跑往其身邊，觀看他受傷的情況。

「我行埋去 F 度，佢就推開我，我跌低咗，之後我又行埋去佢身邊，F 又用個士巴拿打我個頭，於是我搶咗個士巴拿扑佢個頭。」K 憶述道。

在激動及憤怒的情況下，K 用扳手把 F 打至重傷。

此時，兒子 C 開門入屋。K 吩咐 C 立刻報警，並叮囑 C 不要觸摸那個沾滿鮮血的扳手，C 立刻出門向鄰居求助，直至救護車

到達，兩母子護送 F 到樓下交由救護員醫治。

不幸地，在 F 入住加護病房的第五天，感染住院常見的肺炎併發症而離世，K 即時由干犯嚴重傷人罪升級成為干犯謀殺罪的婦人。

驗屍報告指出，死者頭部被鈍物擊中達十三次之多，K 被問到有關此事，記憶已經非常模糊，並說：「唔係驗屍我都唔知自己原來扑咗佢十三下咁多！」至於 K 用剪刀插中死者的身軀，則屬皮外傷。

經審訊後，陪審員裁定被告 K 謀殺罪名不成立，但基於被激怒，誤殺罪名成立。

判刑當日，很多人早早就到法庭聽審。通常法官判刑，大多受幾項因素影響，例如：案情嚴重性、被告的心理評估報告、求情、被告對社會的危害性，以往案例等。

主審法官讀出心理學家報告，專家評估 K 多年來積壓了很多生活不如意、不愉快的事情，而且不善於向人表達自己，重犯機會屬於中等，需要繼續接受輔導，直至學懂處理好自己情緒及人際關係為止。

另外，辯方大狀亦將十封求情信呈給法官，寫求情信的人，

多為自發性撰寫，包括有兒子 C 的信、K 胞妹的信，她居住在廣州，在信中她認為 K 只是自衛但下重手了，希望法官輕判 K。

另外亦有 K 前任上司及同事的求情信，證明 K 受上司及同事們愛戴。除了親屬及工作伙伴外，還有街坊、張超雄議員、議員助理廖小姐、教會牧師所撰寫的信，以及同樣遭受過家暴的同路人聯署信等。

從多人的求情信內可看出 K 在眾人眼中是個好人，而且當她還押小欖精神病院期間，亦有主動幫助院友，故此眾人都希望法官能從輕發落 K。

特別一提的是，K 絕對是個好媽媽，她曾請求張超雄議員幫忙，但並不是要張議員幫她脫罪，而是希望議員能夠幫助她的兒子。自從她被羈押後，兩年多來很難與兒子接觸，最令她放心不下的，居然不是自己的罪名，而是記掛著兒子的生活，兒子就是命根、就是一切。

法官認為 K 是典型傳統中國女性，每件事情都以丈夫和兒子為先，即使要擔起整個家，也一直含辛茹苦、逆來順受。法官相信，K 有非常良好的品格，平易近人，樂於助人，才引至多人寫信為 K 求情。

此外，K 事後非常後悔，法官認為這是個重要的求情因素。

由於事發後，K一直緊張前夫的傷勢，又幫他止血、又找鄰居幫忙，還親自扶F給救護員醫治，更告訴救護員用甚麼物件去傷害F，同時請救護員先為F治療。法官認為被告人明顯沒有想過F會在五天後過身的，K覺得內疚、自責，所以於羈押期間抄寫佛經，並吩咐兒子到寺廟火化給F。

每次聽法官審案，她總是苦口婆心地勸導K和K家人要做個好人。她宣讀判詞時，表示理解K的情況，多年來的啞忍，換來到案件發生的電光火石間，積壓多年的壓力一次過爆發，至於會發生誤殺的情況，是因為被激怒。

法官指出在法律上，被裁定誤殺罪名成立的人，最高刑罰可被判終身監禁。而在罰款方面，亦是判罰任何一個數目也可以被接受。故此她要從多個案例中作出考慮，加上案件並沒有一個量刑指引，而香港亦不受英國指引約束，所以法官要從案件內多個因素來自訂一個量刑點。

法官將量刑起點定為三年半。其後，因為K被捕後與警方非常合作，和盤托出，亦從無狡辯，一早承認誤殺罪，並沒有浪費法庭時間作追查，合作地交代事情始末，所以獲得六個月的刑期扣減。

另外，法官認為事發後，K非常內疚和後悔，還協助F盡快得到救護員治療，都是一個重要的求情因素，所以再獲得額外六

個月的刑期扣減。最終 K 的總刑期為兩年半。

　　由於 K 在審訊前已經被羈押了一段長時間，而且行為良好，應該可以即時釋放，法官請懲教署人員幫忙計算已還押的時間，若果刑期減去已扣留的日數後，K 還未可釋放的話，法官便會調整總刑期，令 K 能夠即時釋放，因為法官認為 K 所受的懲罰已經足夠。最後，法官不忘告誡在庭內旁聽的兒子 C，要做個好人，不要再令媽媽擔心。

本書旨在中肯如實報道法庭內審訊細節，
至於被告是否罪有應得，就由你去解讀。

「後記」
Afterword

出版書籍對逸本櫻來說，機會得來不易。在此想感謝很多人，他們每一位在我心目中都有著無比的意義。

首先要多謝家人，讓我在一個快樂的大家庭成長，有著快樂的童年。

感謝爸爸，還記得我第一次在寫作上獲得冠軍，是一個主題叫「我的爸爸」的父親節徵文比賽，摯愛的爸爸是世界上最疼愛我的人。

他永遠給我最大自由；
他永遠無限量支持我；
他為我付出一生的心血。

他離開我已經十年了，但從沒有離開過我的心靈。爸爸以生命影響生命，教懂我凡事樂觀、包容、不計較。

「爸爸！我愛你！感謝你！願你在天堂快樂、自在。」

感謝媽媽，從小栽培我的品格、獨立能力，使我學到更多。

在學習上，她從小便給我最大自由度，信任我，從不多加意

見。長大後我的個性比較獨立、我行我素，可能忽略了對媽媽的關懷，但媽媽永遠是兒女的避風港，即使現在不是一起居住，還常常特意熬煮滋補湯水、涼茶給我，無微不至。

「媽咪！我知道我不是個一百分的女兒，我知道你很愛我！我也很愛你！」

感謝R先生，給我無限支持、無限包容，他會督促及勉勵我好好寫作文章，讓我加倍努力去做想做的事，讓我完成出版書籍的夢想，我做到了。

感謝細姑姐，從小培養我語文方面技能，教我聽英文情歌及看英文小說學英文、培養情操。另外，她給我看很多中國清朝的歷史書籍，培養我的寫作興趣及提升水平。

感謝弟弟，一個從小便最愛姐姐的弟弟，當他知道我將會出版書籍，他支持我，為我加油，對我說：「家姐，我以你為榮！」

然而，每一位家人都是非常重要的，陪伴我走過成長道路，直到今天，他們還是疼愛我。多謝祖母、外祖父母、姨媽、叔父、嬸嬸、幾位姑姐、姑丈、舅舅、舅母、妹子桐桐、堂弟妹、表兄弟姊妹。

「後記」
Afterword

接下來想感謝於高等法院認識的朋友：

多謝金牙爸爸，在此不能說太多，我們常說：「在心中！感謝你！」

多謝小欖大孖，一直支持「法庭遊蹤」Facebook 專頁，又為我提供滋補湯水，待我如妹妹一樣，謝謝妳！

多謝一群支持我寫法庭文章的前輩，還記得「法庭遊蹤」網誌開幕時，大家為我慶祝，Sen 還為我送上很美很美的蛋糕，感謝你們！

特別要感謝 Sen，還記得數個月前，當時我還未得到出版社垂青時，是 Sen 對我說，我的法庭文章是值得出版書籍，還幫忙請教她的朋友有關書籍出版的問題，感謝你！

還要感謝高等法院一群保安人員，感謝你們每日以專業態度守護著高院。每星期我總有幾天到高院聽審，你們親切的笑容及問候，使我的聽審生涯更添樂趣。

然後想感謝一些朋友，他們在我出版書籍的路上，給了我很多支持。

感謝群組「赤柱飯堂」，這是我們一群愛奇案的私人群組，由於我是群組內最年輕的成員，所以他們每一位都當我妹妹一樣愛錫。

其中特別感謝某些成員：

感謝 Angela，大約兩年前，當我在出版路上遇到失意，是她扶起我，叫我相信自己，告訴我前面還有很多機會。於是我獨自開了一個網誌和 Facebook 專頁，繼續與讀者分享法庭故事，今天，我成功出版了我的第一本書，感謝你！

感謝豹魁，Facebook 群組「奇案迷會」的領袖，他當我親妹妹一樣愛錫。每次當我於網上出版新文章時，他總會為我設計一張獨一無二的精美海報。

感謝元方，奇案書籍的作者，元哥哥給我很大支持，可能大家都是寫文章的，所以很明白大家的想法與難處，當我們需要趕稿時，常常給大家寫作能量，分享寫作樂趣，共勉之！

感謝 Magmag，在我聽審及寫文章到天昏地暗時，她總會為我帶來滋補湯水，又會泡製我最喜愛的食物前來探望，為我打氣！

後記
Afterword

感謝重案組黃 Sir，感謝他一直對我的厚愛，在寫作路上加以提點，分享以不同角度分析各類案件、寫作心得，使我獲益良多。

感謝寶姨，感謝她告訴我，我的文章能夠表達到法庭實況，而且一點也不沉悶，前面還有著很多機會出版書籍，別人一定會賞識。

感謝 Marco，記得有一次與他閒談時，他對我說：「我睇過下你寫嘅文章，又寫得幾好喎！繼續加油！」雖然是很簡單的一句，但意義很大，在心中。

還要感謝組員 Pat、發哥、齋籐、Maria、光光、Sandy 和鬼故黃對我的厚愛。

接著想感謝母校及老師：

多謝老師們的關愛，一直陪伴我成長，與校長及老師們的良好關係，使我對母校有百分百的歸屬感，我愛我的母校，感謝多位語文老師，為我的語文能力打好根基。

感謝中國語文科梁偉康老師，若要提及我的語文能力，梁 Sir 的教學及訓練，使我的語文能力提升至最快的階段。感謝你！

感謝中國歷史科李倩儀老師，會考前夕她都為學生補課至晚上八時，勞心勞力的教學，令我感受到她不求回報的用心，還教懂我做人及待人接物的道理。

感謝世界歷史科老志堅老師，一般人認為學習歷史非常沉悶，老 Sir 的教學非常生動，使我記憶歷史事件時得到很大幫助，繼而培養我的學習興趣，他是我第一次看到老師會因為學生翌日會考放榜而睡不著的，從此感受到他非常愛護學生。

感謝念 A-Level 時的世界歷史科黃錦棠老師，他教懂我讀世界歷史科不是「讀死書」，而是要根據歷史史實及資料加以分析、歸類，再去編寫論文，從而訓練我的組織能力，對現在撰寫筆記及法庭文章有很大幫助。除此之外，我在庭上資料的速記能力，也是在高中時由黃 Sir 訓練而成時，一生受用！

還要感謝其他任教過我的老師，感激不盡！

現在，當然要感謝一直以來默默地支持我的讀者，直至我寫本篇感謝文章為止，已有一萬九千多位讀者支持「法庭遊蹤」Facebook 專頁，每位讀者的肯定，對我來說都是相當重要。然而，我能夠堅持繼續寫下去，都是很多骨幹讀者的支持。你們的一句：「櫻妹，等你出文章！」、「櫻妹！加油！」、「櫻妹，等幾耐都

後記
Afterword

等你出文章！」、「櫻妹！趕出文都要好好保重身體！」都給我無比力量，謝謝你們！

還想多謝《壹週刊》、《蘋果日報》、《南華早報》，記者們對「法庭遊蹤」的採訪，感謝你們於採訪時及於撰寫訪問文章的用心。

最後想多謝為我出版書籍的點子出版，感謝你們垂青，讓我的文章能出版書籍，感謝各職員的配合，你們每一位投放在《法庭遊蹤》上心機、心血、認真，我全都感受到，雖然我有點要求高，希望你們不介意，第一次出版書籍，請多多包涵。

其實還有很多人想感謝，如有遺漏，請多多包涵，你們每位都在我心中。

點子網上書店
www.ideapublication.com

含忍‧死人‧的士佬

壹獄壹世界

援交妹自白

殘忍的偷戀

殘忍的雙戀

成為外星少女的導遊

成為作家其實唔難

港L完

信姐急救

西謊極落

公屋仔

十八歲留學日記

西營盤

毒舌的藝術

新聞女郎

黑色社會

香港人自作業

精神病人空白日記

婚姻介紹所

賺錢買維他奶

獨居的我，最近發現家裡還有別人

五個小孩的校長電影小說

點五步 電影小說

有得揀你揀唔揀

This is Lilian

This is Lilian too

This is Lilian, Free

空少偷七易

爆炸頭的世界

設計 Secret

● 《天黑莫回頭》系列

當世四大天王：
黎郭劉張 (上)

● 《診所低能奇觀》系列

● 《詭異日常事件》系列

圖書館借來的
魔法書

銀行小妹
甩轆日記

● 《倫敦金》系列

HiHi 喇好地地
一個人點知……

我的你的紅的

● 《Deep Web File》系列

向西聞記

無眠書

● 《絕》系列

殺戮天國

遺憾修正萬事屋

Court Diary

法庭遊蹤

作者	逸本櫻
出版總監	余禮禧
責任編輯	陳珈悠
編輯	陳婉婷
美術設計	郭海敏
製作	點子出版
出版	Create In This Way Limited
地址	荃灣海盛路 11 號 One MidTown 13 樓 20 室
查詢	info@idea-publication.com
印刷	海洋印務有限公司
地址	黃竹坑道 40 號貴寶工業大廈 7 樓 A 室
查詢	2819 5112
發行	泛華發行代理有限公司
地址	將軍澳工業邨駿昌街 7 號 2 樓
查詢	gccd@singtaonewscorp.com
出版日期	2018 年 10 月 15 日
國際書碼	978-988-78490-7-0
定價	$88

Printed in Hong Kong

點子出版
IDEA PUBLICATION

法庭遊蹤

Court Diary